따뜻하고 평온한 시간이
당신과 함께하길

이 끝느

당연하게도 나는 너를

이꽃님 장편소설

당연하게도 나는 너를

우리학교

1

기억나?

우리가 저수지에 갔을 때 말이야. 그날 유난히도 어두웠잖아. 태어나서 내가 겪은 수많은 밤들 중에 제일 어둡고 외로웠던 밤이었어. 내가 그 밤을 잊을 수 없는 만큼, 너도 그날을 잊지 못하겠지. 그런데 그거 알아? 그날 일을 잊지 못하는 사람이 한 명 더 있다는 거.

아저씨가 기억하는 그날은 우리의 기억과 비슷하면서도 달랐어. 아저씨는 그날 밤에 물안개가 저수지 주변을 자욱이 감싸고 있었다고 했어. 마치 아무도 들어와선 안된다고 경고하듯 고요와 침묵이 습기를 머금은 채 사방에 내려앉아 있었대. 얼마나 조용하던지 바람결에 나뭇잎 하나 흔들리는 소리까지 들리는 듯했다고.

그 저수지는 낚시 금지 구역인데도 아저씨는 사람들 눈을 피해 종종 거기서 낚시를 했다나 봐. 근데 그날은 이상하게 그 고요함에 소름이 돋았대. 왠지 찝찝하고 섬뜩하더라면서.

도무지 낚시에 집중할 수 없었대. 아저씨와 제법 떨어진 곳에 하얀색 무언가가 있었거든. 몹시 어두웠기 때문에 그게 정확히 뭐였는지 알 수 없었대. 그것을 도저히 무시할 수가 없어서 꼭 뭐에 홀린 것처럼 그쪽으로 다가갔다나 봐. 그러고는 그것이 무엇인지 알아차린 순간, 아저씨는 자리에 주저앉아 버렸어.

마치 새것처럼 보이는 흰 운동화가 놓여 있었거든.

아저씨는 곧장 휴대폰을 꺼내 112를 눌렀어. 자신이 금지 구역에서 낚시를 했음을 밝혀야 했지만 망설일 수가 없었대.

왜냐하면…… 새하얀 운동화가 너무도 가지런히, 저수지를 향해 놓여 있었으니까.

저수지 물결이 찰랑 소리를 내며 금방이라도 운동화를 덮칠 듯 다가왔을 때, 아저씨는 불안한 마음을 감출 수가 없었대. 그래서 경찰에게 몇 번이나 신신당부를 했다는 거야. 혹시라도 무슨 일이 있었던 건 아닌지 분명히 알아봐 달라고.

사실 그때까지만 해도 경찰은 별로 관심이 없었다고 하더라. 그저 신고 한 통, 운동화 한 켤레, 그게 다였으니까. 별로 대수롭지 않게 생각한 거지. 그냥 그랬으면 딱 좋았을걸. 거기서 끝났다면 아무 일 없이 다 지나간 일이 됐을지도 모르는데. 안 그래?

우리 집에 경찰이 찾아왔어. 현관문을 열었더니 짧은 머리를 질끈 묶은, 마흔은 훌쩍 넘어 보이는 여자가 서 있더라고. 경찰이라고 밝히지 않았다면 그저 같은 단지에 사는 아줌마라고 해도 믿을 만큼 평범해 보였지.

갑자기 경찰이라니. 덜컥 겁이 나면서 동시에 짜증이 났어. 그저 우리 둘이 저수지에 다녀온 게 다잖아. 고작 그런 일로 경찰까지 만나게 될 줄은 몰랐거든.

알아. 네가 얼마나 당황스러울지. 어쩌면 넌 축축해진 손바닥을 바지에 문지르며 닦아 내고 있을지도 모르겠다. 아니면 두피에 맺힌 땀 때문에 가려운 머리를 벅벅 긁으며, 빨개진 얼굴로 날 탓하고 있을지도 모르지.

근데 있잖아, 해록아. 나도 경찰이 올 줄은 몰랐어. 아니,

어쩌면 나는 이런 일이 언젠가는 벌어질 거라고 예상했었는지도 모르겠어. 경찰 얼굴을 마주한 순간, 이럴 줄 알았다는 생각이 들었거든. 이상하게도 냉정할 만큼 차분해졌어.

경찰에게 어떻게 우리 집까지 왔는지, 그저 운동화 한 켤레 벗어 두고 온 게 범죄가 되는지 물었어. 그랬더니 경찰이 그러더라.

"보통은 운동화 좀 벗어 뒀다고 문제가 되진 않지."

"그럼 됐네요."

나는 경찰을 빤히 바라보았어. 한마디만 더 하면 "그래서요? 방금 문제가 되지 않는다고 했잖아요? 근데 뭘 어쩌라고 이러고 있는 건데요?"라고 따져 물을 생각이었지. 하지만 이어지는 경찰의 말에 나는 어떤 말도 할 수 없었어.

"근데 말이야. 두 명이 저수지에 갔다가 한 명만 돌아온 경우에는 문제가 될 수도 있어. 게다가……."

경찰이 잔뜩 휘어진 내 눈썹이 몹시 못마땅하다는 듯 나를 뚫어지게 쳐다봤어.

"다른 한 사람이 실종 상태라면 말이야."

경찰이 얼마나 심각한 척 구는지, 웃음이 터질 뻔했다니까. 경찰은 그런 나를 의심스럽다는 듯 바라봤어. 그렇기도 했겠지. 아니면 섬뜩했거나.

"그래서요? 그게 저랑 무슨 상관인데요."

"상관이 아주 없을 것 같지는 않은데. 너랑 같이 저수지에 간 뒤로 해록이가 실종됐으니까."

"대단한 명탐정 납셨네."

속으로만 말한다는 걸, 나도 모르게 밖으로 중얼거린 거 있지. 네가 항상 그랬잖아. 내가 속으로만 해야 할 말을 밖으로 꺼낼 때가 많다고. 그 버릇 좀 고치라고 말이야. 네 앞에선 늘 조심한다고 했는데, 네가 없으니 또 버릇이 나와 버린 거야.

"너 지금 웃니?"

이번에는 경찰의 눈썹도 제법 구겨졌어.

"웃겨서요. 영화 보면 경찰들 하는 일이라고는 맨날 삽질뿐이고, 범죄자들은 제대로 못 잡더라고요. 지금도 딱 그런 상황 같아서요."

그랬더니 경찰이 화가 난 건지, 재미있어하는 건지 알 수 없는 얼굴로 날 보더라고.

"범죄 영화를 꽤 많이 봤나 보네. 그래서 이것도 범죄 사건이니?"

경찰이 마치 나를 떠보려는 듯이 물었어.

"아니요."

나는 경찰의 눈을 똑바로 바라보며 대답했어. 더는 웃지
않았지.

"이건 사랑 이야기예요."

2

우리가 어떻게 서로를 의식하기 시작했는지 기억나?

처음부터 우리가 서로를 느낀 건 아니었어. 그저 어느 순간부터, 너무나 당연한 일이 벌어지듯 우리는 서로를 의식했지. 정확히 언제부터였는지는 모르겠어. 분명한 건, 내가 고개를 돌리면 언제나 거기에 네가 있었다는 거야. 맞아. 너는 언제나 날 바라보고 있었어. 점심시간에도, 쉬는 시간에도, 심지어 수업 시간에조차 네 시선의 끝에는 내가 있었어.

처음엔 민망하고 당황스러웠어. 왜 날 보는지 몰랐거든. 네가 날 그렇게 뚫어져라 쳐다볼 이유 같은 건 전혀 없었으니까.

더구나 너는 입학하면서부터 여자애들 사이에 이름이 오르내릴 정도로 잘나가는 애였잖아. 너는 시선을 끄는 애였어. 선생님의 꾸지람을 능청스럽게 빠져나갈 줄 알았고, 가끔 한마디씩 던지는 말로 반 전체를 웃게 할 만큼 분위기를 이끌기도 했지.

너는 어떻게 하면 멋져 보이는지 잘 아는 것 같았어. 머리 스타일도 옷차림도 뭐든 잘 어울렸고, 모든 게 네게 꼭 맞는 것들로 가득 차 있었어. 너는 자주 웃는 편은 아니었지만 웃을 때마다 눈이 반달 모양으로 변했고 입꼬리가 예쁘게 말려 올라갔어.

네가 얼마나 매력적인지, 얼마나 사람들 눈길을 끄는지 너 역시 잘 알고 있었을 거야. 네 주변에는 언제나 친구들이 많았으니까. 맞아. 넌 나와 달리 항상 사람들의 주목을 받는 편이었지.

그런 네가 날 자꾸 보니까 기분이 이상하더라고. 너랑 나는 친해질 만한 일이 요만큼도 없는 사이였잖아. 네가 잘나가는 무리에 속해 있다면 나는 뭐랄까…… 특별히 존재감이 있지도 않고, 그렇다고 너무 찌질하지도 않은, 교실을 떠올렸을 때 아이들이 모여 있는 장면 속의 한 명이라고 해야 하나. 네가 사람들의 시선을 끄는 타입이라면,

나는 그런 너를 바라보는 수많은 사람 중 한 명 정도에 불과했어.

그런 네가 나를 보고 또 봤어. 그거 알아? 네 눈길이 내 어깨에, 뒤통수에, 뺨에 닿을 때마다 간질간질한 느낌에 온몸이 떨렸다는 거.

네 눈빛은 따뜻하고 장난스러웠어. 나와 눈이 마주친 뒤 고개를 돌리면서 짓는 그 미소에, 보이지 않아도 눈이 반달 모양으로 변했다는 걸 알 수 있었어. 그때마다 나는 너의 그 눈웃음을 똑바로 보고 싶어서 어떻게든 말을 붙여볼까 망설였어. 왜 자꾸 쳐다보냐고 물어볼까, 아니면 우리가 너무 자주 눈이 마주치는 것 같지 않냐고 앙큼하게 물어볼까. 몇 번이나 고민했지만 결국 아무것도 물을 수 없었어.

왜긴. 너는 그렇게 빤히 쳐다보고도, 나랑 눈이 마주치면 바로 고개를 휙 돌리고는 쳐다본 적 없는 것처럼 굴었잖아. 마치 내가 착각하고 오해하기라도 한 것처럼.

맞아. 딱 그런 느낌이었어. 우린 같은 교실에 있었고 그러다 보면 눈이 마주칠 수도 있는 거잖아. 하필 네가 나를 바라볼 때 우연히 내가 널 봤을 수도 있지. 어쩌면 모든 게 내 착각일지도 모른다고 생각했어. 내가 느끼는 감정들도 모두 사라질 거품일까 봐 두려웠던 것 같아.

그래서 왜 자꾸 쳐다보냐고, 왜 자꾸 나랑 눈이 마주치냐고 물어볼 수 없었어. 게다가 나는…… 네가 날 바라봐주는 게 좋았거든. 어쩌면 네가 먼저 다가오길 기다렸는지도 모르지.

어느새 나도 네가 보고 싶더라고. 그렇게 학교에 가고 싶었던 적은 난생처음이었어. 주말이 왜 그리 길게 느껴지던지.

너는 우리 반 애들, 옆 반 애들, 심지어 처음 보는 선배들과도 금방 친밀하게 이야기를 나누면서 나에겐 절대 먼저 말을 걸지 않았어. 자꾸 쳐다보거나 말없이 웃기만 할 뿐, 절대 넘어서는 안 되는 선이라도 있는 듯이 가까이 다가오지는 않았지.

"야, 근데 정해록 좀 이상하지 않냐?"

"왜?"

"계속 해주 쳐다보는 것 같은데."

며칠이 지나자 다른 애들도 눈치채기 시작했어. 하긴 모르는 게 더 이상했지. 맨 먼저 이야기를 꺼낸 아이는 나연이었어. 나연이와 예지는 내가 고등학교에 들어와 처음 사귄 친구인데, 운이 좋게도 꽤 괜찮은 애들이었어. 너도 알잖아. 학기 초에는 자리가 가까운 애들과 제일 빨리 친해지는 거. 문제는 매번 괜찮은 애들과 가까운 자리에 앉으라는 법이 없다는 거지.

"그래?"

"몰라. 왜 그러는지 계속 쳐다보네."라고 말하려다가 나는 그냥 모른 척하기로 했어. 학기 초인데 괜히 잘못 말했다가 재수 없는 애로 찍히면 안 되잖아. 내가 전혀 모르는 것처럼 굴자 나연이가 호들갑을 떨었어.

"야, 몰랐어? 겁나 쳐다보던데. 무슨 레이저 나오는 줄."

"그런가?"

나는 아무것도 모르는 척 괜히 뒤를 돌아봤어. 점심시간이었는데, 너는 어디 갔는지 보이지 않았지. 기분이 좀 이상하더라. 섭섭했다고 해야 할까? 너는 늘 나를 보고 있었는데, 막상 내가 널 보려니까 네가 거기 없다는 게 아쉬우면서 낯설었어. 그날 너를 찾으며 그런 생각을 했어. 네가 항상 날 바라봤으면 좋겠다고.

"정해록이 해주한테 관심 있나 보지."

옆에서 무심히 듣고 있던 예지가 툭, 던지듯 말했고 그 말을 나연이가 잽싸게 물었어.

"오ㅡ 정해록 폴 인 럽, 오오ㅡ."

나연이가 책상을 두드리며 까르르 웃었어. 그리고 그 소리만큼 크게 내 심장이 뛰었지. 그 뒤로 내 신경은 온통 너에게 가 있었어. 고개를 돌리기 전 심호흡을 해야 할 정도로 너를 의식하고 있었지.

지금 생각해 보면 넌 정말 쉽게 내 마음을 가진 것 같아. 그저 바라보기만 했을 뿐인데, 그것만으로 내가 너를 그토록 생각하게 만들었으니까.

나는 너를 계속 원했지만, 다른 아이들이 눈치챈 후로는 네 시선이 느껴져도 뒤를 돌아볼 수가 없었어. 다른 애들 시선이 걱정되기도 했고 네가 없을까 봐 조바심이 났거든.

아니, 사실은 내가 뒤돌아봤는데 네가 날 보고 있지 않을까 봐 그게 겁이 났던 것 같아.

맞아. 이상하게 두려웠어.

더는 네가 날 바라보지 않을지도 모른다는 사실이.

✳

"해록이 어디 있는지 아니?"

"몰라요."

"저수지에서 돌아온 뒤로 연락한 적은?"

"없는데요."

"전화나 카톡, 인스타 디엠까지 전부 다 포함해서 한 번도 없니?"

"없다고 말했잖아요."

"연락해 볼 생각은 안 했어?"

"제가 왜 그래야 하는데요?"

"너희 둘 사귀는 사이잖아."

경찰은 당연하다는 듯 말했고 나는 그 당연함에 짜증이 났어.

"그래서요? 사귀는 사이면 무조건 연락하고 질척거려야 하는 거예요?"

"물론 그건 아니지."

내 말에 경찰은 살짝 고개를 끄덕이며 수긍하는 눈치였어. 난 그때 경찰이 더는 내게서 뭔가를 알아낼 수 없을 거라고 생각했어. 그런데 경찰이 갑자기 고개를 갸웃거리는 거야.

"진짜 이상하네."

"……."

"남자 친구가 실종됐다는데 왜 안 놀랄까?"

멈칫.

그때 내 손끝이 파르르 떨렸다는 걸 경찰도 눈치챘을까? 빨리 경찰을 보내고 문을 닫아 버리고 싶어서, 확 밀어 버릴까 고민했다는 걸 경찰도 알았을까?

떨리는 손을 들키고 싶지 않아서 오른손으로 왼손을 잡았어. 그러고는 손안에 뭐를 숨기기라도 한 것처럼 두 손을 포갠 채 배꼽 아래로 늘어뜨렸지. 덕분에 훨씬 공손한 자세가 됐는데 경찰은 내 공손한 자세에는 관심이 없어 보였어. 오로지 내가 손안에 숨긴 게 뭔지 궁금해 죽겠다는 듯 나를 바라보고 있었어.

"그날 이후로 한 번도 연락한 적 없다면 실종된 줄도 몰랐을 테데, 이상하게 넌 꼭 해록이가 사라진 걸 알고 있던 사람처럼 보인단 말이야."

서둘러 시선을 피해야 했어. 내가 당황했다는 걸 이미 눈치챘겠지. 보지 않아도 알 수 있었어. 경찰의 입에 묘한 미소가 걸려 있다는 걸.

"안으로 들어가서 마저 이야기 좀 나눌 수 있을까?"

그제야 나는 경찰이 계속 현관 앞에 서 있었다는 걸 깨달았어. 경찰은 자연스럽게 집 안으로 들어왔고 나는 그러는 경찰을 그저 보고 있을 수밖에 없었어.

정말 어쩔 수 없는 상황이었다는 걸 너도 이해해 줬으

면 좋겠어. 내가 경찰을 끌어들인 게 아니라, 경찰이 먼저 날 찾아왔다는 걸, 짜증 나게도 다 안다는 듯 굴어서 어쩔 수 없이 이야기를 하게 됐다는 걸 말이야.

"저수지에는 왜 갔니?"

"가면 안 돼요?"

생각했던 것보다 더 날카롭게 대답이 나와서 나도 놀랐어. 사실 그렇게 건방지게 말할 생각은 아니었거든. 그저 저수지에 간 게 뭐가 문제냐고, 그게 죄가 되느냐고 물어볼 생각이었어. 그런데 생각과 달리 너무 까칠하게 대답이 나와 버린 거지. 아니나 다를까, 경찰 얼굴이 빠르게 굳더라고.

"가면 안 되는 건 아니지만, 십 대 청소년이 데이트할 만한 장소는 아니잖아?"

'십 대 청소년'이라는 그 단어가 너무 웃겼어. 어른들이 우리를 MZ세대라고 부를 때처럼 이상하게 괴리가 느껴졌거든.

"십 대 청소년이 데이트하는 곳이 정해져 있어요?"

내 대답에 경찰이 웃었어. 근데 난 그 웃음이 마음에 들지 않더라고. 유치원생들이 터무니없이 "나는 공룡이 되고 싶어요!"라고 말할 때 짓는 어른들의 웃음이 아니라, 중학생이 "난 서울대 갈 거야!"라고 할 때 짓는 어른들의 웃음에 가까운 그런 웃음이었거든. 뭔지 알지? 아직 세상 물정을 모르는구나 하면서 깔보듯, 그렇지만 그 용기만은 가상하다는 듯 짓는 그 웃음 말이야.

"너 굉장히 재미있는 애구나."

맞아. 경찰의 목소리에는 비꼬는 투가 잔뜩 배어 있었지. 네가 들었으면 아마 경악했을걸. 넌 비꼬는 걸 정말 싫어하니까. 그때 네 기분을 조금은 알겠더라. 비꼬는 말이 얼마나 기분을 나쁘게 만드는지, 사람을 얼마나 짜증 나게 하는지 말이야. 나는 경찰을 노려봤어. 마치 우리 집이 자기네 안방이라도 되는 듯 소파에 등을 기댄 채 묻는 폼이 영 못마땅했거든.

"좋아. 그럼 다시 물을게. 저수지에서 무슨 일이 있었던 거야?"

"아무 일도 없었는데요."

경찰이 나를 빤히 보더라고. 그러고는 거의 속삭이듯 말했어.

"내가 시간이 남아돌아서 여기까지 찾아왔다고 생각하나 보네."

"……."

"해록이가 사라지기 전에 마지막으로 만난 사람이 너야. 널 만나서 저수지에 같이 갔고 그 뒤로 실종됐어. 너희가 탔던 저수지로 가는 버스 CCTV도 확보했고."

"······."

"무슨 말인지 모르는 것 같으니까 설명해 줄게. 저수지로 향하던 버스에서, 가기 싫어하는 해록이의 손을 네가 억지로 끌어당겨 내리는 걸 확인했다는 뜻이야. 그건 너한테 상당히 불리한 영상이라는 것도 알려 줄게. 그러니까 말하는 게 좋을 거야. 저수지에서 무슨 일이 있었는지."

경찰이 대단한 증거라도 잡은 듯 나를 몰아세웠어. 당장이라도 날 체포할 수 있다는 듯, 마치 내가 널 어쩌기라도 했다는 듯.

웃기지 않아? 정말 내가 널 어떻게 했다면 당장 날 체포했어야지. 우리 집에 찾아와 묻는 대신, 날 경찰서로 끌고 갔어야지. 그러지 못하는 걸 보면 결국 아무것도 모르면서 알고 있는 척, 겁만 주고 있다는 뜻이겠지. 내가 그 멍청한 협박에 겁을 먹고 없는 이야기라도 지어내서 들려주길 기대하면서 말이야. 그래서 알려 주기로 했어.

"틀렸어요."

"뭐?"

"저수지에서 무슨 일이 있었는지가 아니라, 그동안 우리한테 무슨 일이 있었는지 그것부터 물어봤어야죠."

경찰은 아무 말 없이 나를 바라보았어. 나도 경찰을 바라보았지.

"그게 먼저니까요."

3

보지 않고도 시선을 느낄 수 있다는 거 알아?

정말로 그렇더라. 어느샌가 나는 뒤돌아보지 않고도 네 시선을 느낄 수 있었어. 네 따뜻한 눈길이 내 어깨와 얼굴을 스칠 때 가슴이 얼마나 빨리 뛰었는지 몰라.

그맘때쯤 나는 너를 향해 고개를 돌릴 수 없었어. 너무 자주 널 보는 것 같아서 한 번 보려면 몇 번씩 고민하고 뒤돌아봐야 했지. 그날도 몇 번이나 고민한 끝에 뒤돌아봤는지 모르겠어. 여전히 나를 보고 있을 너를 기대하면서였지.

하지만 내 기대는 한순간에 산산조각 나고 찢겨져 불태워졌어. 두려워하던 상황이 펼쳐졌거든. 네가 나 아닌 다른 애를 보고 있었으니까.

그때 내가 얼마나 화가 났는지 너는 상상도 못 할 거야. 배신감이 온몸을 휘감았고, 모든 게 내 착각이었다는 좌절감까지 들었거든. 어쩌면 네가 바라보고 있었던 사람이 온주가 아니라 다른 애였다면 그렇게까지 화가 나진 않았을 수도 있어. 하지만 온주였잖아. 하필이면, 김온주였다고.

나도 알아. 온주가 눈에 띌 만큼 예쁘다는 거, 키가 크고 늘씬해서 사람들의 시선이 제일 먼저 닿는다는 거, 공부도 잘해서 애들뿐만 아니라 선생님들에게까지 인기가 많다는 거.

너는 절대 모를 거야. 내가 얼마나 온주처럼 되고 싶어 했는지, 얼마나 온주를 부러워했는지.

봐. 나조차도 온주를 이렇게 원하는데 다른 사람들은 어땠겠어? 사람 마음이라는 게 다 비슷해서 온주와 친하게 지내고 싶은 애들이 줄을 섰었잖아.

하필이면 자리도 어쩜 그랬을까. 내 자리에서 길게 대각선을 그어 교실 끝에 닿는 곳이 네 자리였고, 네 바로 앞자리가 온주 자리였지. 언제 그렇게 친해졌는지 너는 볼펜 끝으로 온주의 머리를 툭툭 건드리며 장난을 쳤고 온주는 뒤돌아보지도 않고 웃고 있었어. 네가 장난을 거는 게 즐거워 죽겠다는 듯이.

그냥 온 세상이 너와 온주를 위해 존재하는 느낌이었어. 너랑 온주만의 세계가 거기 있고, 나는 이렇게 멀리 동떨어져서 너희를 보고 있어야 했어.

나는 웃지 않았고 너와 온주만 웃고 있었지. 마치 내 웃음을 너희가 다 가져가 버린 것처럼 말이야. 그때 고개를 돌렸어야 하는데, 아무것도 못 본 듯 고개를 돌렸어야 하는데, 나도 모르게 정색한 채 온주와 너를 계속 보고 있었어. 이내 온주와 네가 내 시선을 알아차렸지. 그때 너희 둘이 어떤 표정을 지었는지는 기억나지 않아. 분명한 건, 내가 도둑질을 들킨 사람처럼 서둘러 고개를 돌렸다는 거야. 그것도 아주 비참하게.

네가 온주를 바라보던 그날 이후로, 나는 두 번 다시 널 바라보지 않기로 결심했어.

너에게 어느새 빠져 버린 것도, 네 눈길을 기다리던 것도 모두 내 착각일 뿐이라고 생각하니 솔직히 좀 서글프더라.

네가 날 그렇게 오랫동안 바라보지만 않았어도, 나랑 눈이 마주쳤을 때 수줍다는 듯 미소를 띠지만 않았어도, 널 그렇게 의식하진 않았을 텐데. 먼저 뒤흔들고 정신없이 만들어 버린 건 넌데 결국 상처받은 건 나뿐이더라.

그 뒤로도 가끔 네 시선이 느껴졌어. 그래도 난 절대로 뒤돌아보지 않았어. 네가 날 보고 있는지 궁금해 미칠 것 같았지만 돌아보지 않았지. 그때 나는 너한테 화가 나 있었거든.

너는 내가 화났다는 것도 몰랐을 거야. 하긴 우린 사귀는 사이도 아니었고 친구도 아니었고, 그냥 같은 반이라는 것 말고는 아무것도 아닌 사이였으니까. 생각해 보니 그때 나는 너한테 화낼 자격도 없었네.

네 눈길을 의식적으로 피하고 모른 척한 지 일주일쯤 지났을 거야. 처음 하루 이틀은 좀 힘들었는데, 그 뒤로는 아무렇지 않았어. 어차피 너랑은 모르는 사이나 다름없었고, 너랑 나는 따지고 보면 다른 세계 사람이나 마찬가지였으니까.

그렇게 마음 정리를 끝낼 무렵이었어. 갑자기 네가 내 앞자리에 앉아서는 인사를 건네는 거야.

"안녕."

순식간이었어. 얼굴이 얼마나 빨갛게 달아올랐는지 눈에서도 심장이 뛰는 것 같았어. 나는 떨고 있다는 걸 들키고 싶지 않아서 얼른 고개를 숙이고 책을 폈어.

"공부하게?"

"어? 아…… 응."

지금 생각해도 바보 같은 대답이지. '응'이 뭐람. 자책하고 있을 때 네가 내 책상에 팔꿈치를 대고 턱에 손을 괸 채 나를 바라보았어. 내가 눈길을 피하도록 그냥 두지 않겠다는 듯이 말이야. 나는 당황했고 너는 여전히 나를 보았지. 웃는 것도 화난 것도 아닌 표정으로.

"오늘은 혼자 있네?"

"어?"

"왜, 맨날 같이 다니는 친구들 있잖아."

나연이와 예지를 말한 거라는 걸 알았지만 나는 아무 대답도 하지 못했어. 꼭 내가 혼자 있기만을 기다렸다는 말처럼 들렸거든.

"너 어디 아파?"

"어? 아니."

나는 할 수 있는 한 최대로 아무렇지 않은 척 말하고는 용기를 내 네 얼굴을 마주 보았어. 가까이에서 네 얼굴을 똑바로 바라본 건 그날이 처음이었을 거야. 단정한 눈썹과 곧게 뻗은 콧대, 장난스러운 눈동자까지. 아주 짧은 순간이었지만 그 순간을 영원히 잊지 못할 거라는 걸 직감했어.

"열나는 것 같은데? 얼굴이 빨개."

네가 열을 재려는 듯 내 이마에 손을 갖다 대었고 나도 모르게 흡, 숨을 들이마셨지. 세상이 멈출 수도 있구나, 시간이 이렇게 천천히 느릿느릿 흐를 수도 있구나, 하는 기분을 그때 처음으로 느꼈던 것 같아.

"네 친구들 없는 것 같은데, 김온주라도 불러 줄까? 같이 보건실 갔다 와."

네 입에서 온주 이름이 나오는 순간, 내 감정이 순식간에 모조리 식어 버렸다는 걸 너는 알까. 감정 덩어리들이 먼지 날아가듯 훅 날아가 버렸다는 걸.

"아니. 아픈 데 없어."

나는 짧게 대답하고는 문제집을 펴 수학 문제를 풀었어. 네가 여전히 앞에 있다는 것도, 계속 나를 보고 있다는 것도 알았지만 상관없었지.

그날, 네가 처음으로 인사를 건넸던 그날 이후, 나는 더 너와 거리를 뒀어. 우연히 눈이 마주치면 서둘러 고개를 돌렸고, 그마저도 얼굴을 찌푸린 채였지. 너랑 마주하는 게 불편했거든. 내가 널 좋아하는 걸 들킬까 봐, 그래서 내 마음이 짓밟힐까 봐.

그 뒤로 어쩌다 말을 할 일이 생겨도 일부러 더 차갑게 대했다는 거 알아? 내 마음이 자꾸 너에게 닿으니까, 닿지 않으려고 상처받지 않으려고 애썼다는 걸 너는 상상조차 못 할 거야.

네가 온주와 시시덕대며 장난칠 때마다 내 질투심은 점점 더 커져 갔고 나중에는 온주를 증오하기까지 했어. 너랑 장난치고 노는 사람이 내가 아니라 온주여서 화가 났어. 그렇지만 내가 할 수 있는 건 너와 거리를 두는 것 말고는 아무것도 없었어.

그래서였을까. 너도 그 뒤로는 내게 말을 걸지 않았고 나를 쳐다보는 일도 거의 없었어. 생각보다 별거 아니라고, 너를 지워 내는 일이 그렇게 쉬운 줄 알았지. 하지만 너는 쉽게 내 마음을 가졌던 것만큼 쉽게 다시 나를 흔들었어.

하루는 온주가 내 옆자리에 앉아 이야기를 하고 있었어. 너와 네 친구들이 자연스럽게 온주 주변으로 모여들었지. 본의 아니게 너와 네 친구들 그리고 온주 사이에 나까지 끼게 된 거야. 그 자리가 불편해서 비키려는데 목소리 하나가 날 잡아끌었어.

"여자애들 긴 머리 예쁘지 않냐."

장지상이었던가, 박채호였던가. 누가 온주의 긴 머리로 장난을 치며 말했어. 사실 누가 그런 말을 했는지는 기억나지 않아. 다른 애들한테는 관심이 없었으니까. 중요한 건 네 대답이었어.

"난 별로. 여자애들 머리 치렁치렁 긴 거 싫어. 난 단발 머리가 좋더라."

그때 너는 왜 하필 날 보고 있었을까. 그리고 나는 왜 네 눈을 피하지 않았을까.

우리는 분명 서로를 바라보고 있었어. 그리고 네가 웃 었지. 수줍은 듯 달콤하게.

그날 이후 내가 머리를 단발로 잘랐다는 걸 너는 알까. 사실은 온주의 긴 머리가 예뻐 보여서 따라 기르는 중이 었다는 걸, 그런데도 단발머리가 좋다는 그 한마디에 싹둑 잘랐다는 걸 너는 알까. 머리를 자르고 이튿날 등교하면서 네가 내 단발머리를 마음에 들어 할까 조바심이 났다는 걸 너는 알고 있었을까.

4

기분 탓이었을까.

머리를 자르고 처음 등교한 월요일 아침부터 다시 네 시선이 느껴졌어. 나는 네 시선을 오롯이 느끼고 싶어서 설렘으로 네 눈길을 맞이했지. 머리를 자르면서 기대했던 그대로였어.

그제야 알겠더라. 내가 네 눈길을 기다리고 있었다는 걸, 그리워하고 있었다는 걸. 그리고 간절히 원하고 있었다는 걸.

그즈음 나는 온주와도 거리를 두고 있었어. 그 전에는 나 역시 온주와 친해지고 싶어 하는 많은 아이 중 한 명이었어. 그러다 너와 온주의 모습에 질투가 나서 거리를 두기 시작했거든. 근데 그날따라 온주가 자꾸만 내 옆으로 와서 말을 거는 거야. 내 생각엔 온주도 내가 자기랑 거리를 두려 한다는 사실을 알았던 것 같아.

온주 성격에 내 행동이 마음에 안 들었을지도 모르겠어. 온주는 뭐랄까, 온 세상 사람들이 모두 자신을 좋아해야만 한다고 생각하는 그런 부류의 애였으니까.

"머리 잘랐어? 완전 인생 머리, 진짜 잘 어울린다."

온주가 내 머리끝을 만지면서 말했어. 어쩐지 호들갑을 떤다고 느낄 정도로.

"진작에 단발하지. 너무 예쁘다."

온주가 갑자기 친한 척을 하는 게 어색하면서도 한편으로는 머리가 예쁘다니 기분이 나쁘지 않더라.

"나도 단발로 자를까?"

온주가 혼잣말을 한 건지 아니면 내게 동의를 구한 건지는 모르겠어. 확실한 건 온주의 그 말에 불안했다는 거야. 네가 단발머리를 좋아한다고 했으니까. 그리고 이내 심장이 쿵쿵 요란한 소리를 내며 뛰기 시작했지. 그때 네가 내 옆으로 걸어왔거든.

"단발이 아무한테나 어울리냐."

맞아. 분명히 그렇게 말했어. 그러고는 슬쩍 웃으며 지

나갔지. 찰나였지만 난 확신할 수 있어. 그 미소는 오로지 나를 향한 거였다는 걸.

그 뒤로 너는 조금 더 과감하게 내게 다가왔어. 친구들과 복도에 나갈 때도 굳이 내 자리로 돌아서 가곤 했지. 아침에도 마찬가지였어. 등교하면 너는 곧장 자리로 가지 않고 일부러 내 자리까지 빙 돌아 나와 짧은 눈 맞춤을 한 뒤에야 자리로 가 앉고는 했어. 그게 못마땅했던지 하루는 온주가 눈을 찌푸리며 물었어.

"야, 정해록, 너! 왜 자꾸 해주 앞에서 깔짝깔짝대? 해주 좋아해?"

분명 온주가 너에게 한 질문이었는데, 너는 온주가 아니라 나를 보고 있었어. 마치 그 질문에 대한 답을 내게 해야 한다는 듯이.

"어."

천연덕스러운 네 대답에 주변에 있던 아이들이 모두 놀랐어. 잠시 시간이 멈춘 것 같았지. 가장 놀란 사람은 당연히 나여야 하는데, 나보다 온주가 더 놀란 것 같더라.

"몰랐냐? 나 김해주 좋아하는데."

"오─올─!"

네 말에 주변이 온통 요란한 소리로 뒤덮였어. 누구는

책상을 두드리고 또 누구는 소리를 질러 댔지. 네 친구들은 널 죽일 듯 달려와 헤드록을 걸며 소리쳤어.

"이야, 우리 정해록이! 남자다! 박력 있다!"

교실이 순식간에 축제의 장처럼 변했어. 사실 다른 애들이었다면 그렇게까지 모두가 관심을 기울이진 않았을 것 같아. 하지만 너랑 나였으니까. 우린 서로 사귀는 사이가 되기에는 너무도 어울리지 않는 커플이었으니까. 모두의 시선이 이번엔 내게로 향했어.

나는 눈이 동그래져서 그저 깜빡이기만 했어. 무슨 상황이 벌어진 건지 얼떨떨하기만 했거든. 모두들 나를 바라보며 내 대답을 기다리고 있다는 걸 겨우 알았어. 하지만 나는 무슨 말을 해야 할지 여전히 몰랐지. 때마침 수업 시작종이 울렸고, 모든 소란이 진정됐어. 물론 너의 얼굴에는 내 대답을 듣지 못한 아쉬움이 가득했지만 말이야.

※

"아······."

경찰이 짧은 탄식을 내뱉었어. 그러곤 눈썹을 산처럼 만들어 위로 올리더라고.

"해록이가 먼저 고백을 했구나. 근데 그런 얘길 왜 하는 거니?"

"궁금하다면서요. 우리가 왜 저수지까지 갔는지, 거기서 무슨 일이 있었는지."

"내가 궁금한 건 저수지에서 무슨 일이 있었는지, 해록이는 왜 사라졌는지야. 너희가 어떻게 만나고 사귀었는지는 별로 궁금하지 않은데."

이 경찰은 멍청한 건지 아니면 무능한 건지, 도무지 구분이 잘 안 가더라. 바보 같은 질문을 하는 걸 보면 둘 다인지도 모르겠어. 그렇게 생각하니 연민까지 생기더라고. 그래서 좀 친절히 알려 줄까 했는데, 그새를 못 참고 서두르는 거야.

"너는 해록이가 왜 실종됐다고 생각……."

"그러니까 못 찾지."

"뭐?"

귀는 또 밝아서 내가 혼잣말로 중얼거린 걸 다 알아듣더라니까. 너도 알지? 내가 멍청한 애들을 얼마나 극혐하는지. 나는 공부 못하는 건 이해해도 멍청한 건 이해가 안 되더라고.

"모든 일에는 인과 관계가 있잖아요. 어떻게 원인을 모르면서 결과를 찾아요?"

지금까지 그랬던 것처럼 경찰이 비웃을 거라고 생각했어. 그런데 어쩐 일인지 경찰은 웃지 않았어. 딱딱하게 굳은 표정이었는데 꼭 자신을 가르치려 드는 까칠한 청소년을 더는 두고 볼 수 없다는 얼굴 같았지.

"나는 왜 네가 자꾸 시간을 끄는 것처럼 보일까."

나는 그저 어깨를 으쓱할 뿐이었어. 시간에 쫓기는 건 경찰이지 내가 아니었으니까. 난 아무래도 상관없었거든.

"시간을 끌면 끌수록 너한테 유리하다고 생각하나 봐?"

"전혀요. 저한테 뭐가 유리하고 불리하다는 건지 모르겠는데요. 찾아온 건 그쪽이잖아요?"

아주 잠시였지만 경찰의 눈에 날카로운 무언가가 스쳐 지나갔어. 나의 여유가 짜증 나고 거슬리는 것 같기도 했고, 나에 관해 뭔가를 알아차린 것 같기도 했지.

"좋아. 그럼 내가 너랑 해록이의 연애 이야기가 궁금해서 찾아온 게 아니라는 걸 알려 줘야겠네. 나는 해록이의 실종에 네가 아주 많이 관여됐다고 생각하거든."

나는 아무 대답도 호응도 하지 않고 무표정으로 있었어. 달리 뭐라고 하겠어? 그게 경찰의 생각이라는데.

"그날 너희 둘이 저수지로 가려고 탔던 초록색 87번 버스 기억나니? 그 버스 기사가 너희 둘을 아주 분명하게 기억하고 있더라. 워낙 사람이 잘 다니지 않는 정류장이기도 했고, 남자애랑 여자애 둘이서 외진 곳에 가는 게 신경이 쓰였다면서. 뭐가 그렇게 신경쓰였느냐고 물으니 이러는 거야."

경찰은 마치 자기가 버스 기사라도 되는 듯 말을 이었어.

"분위기가 많이 안 좋았어요. 애들이 다투고 있었는데, 저수지 정류장에 가까워질수록 싸우는 강도가 점점 더 세졌거든요. 욕은 기본이고, 죽이니 살리니 하는 말들이 들렸어요. 저도 애 키우는 아버지인데 왜 신경이 안 쓰이겠습니까. 정류장에 도착했을 때, 남자애는 내리기 싫어했어요. 여자애가 소리를 지르며 꼭 가야 한다고 남자애 손을 잡아당기더군요. 남자애도 화가 많이 난 것 같았어요. 무엇보다 버스에서 내리면서 여자애가 한 말이 계속 마음에 걸리더라고요."

연기를 끝낸 경찰이 나를 바라보았어. 나는 그저 경찰을 쳐다보았지. 사실은 그날 내가 뭐라고 했는지 기억이 나지 않아서 경찰의 다음 말을 기다리던 중이었어.

"네가 뭐라고 하면서 내렸을까?"

경찰이 수수께끼를 내듯 물었고 나는 정말로 기억이 나

지 않아서 모르겠다고 대답했어. 그러자 경찰이 기억을 떠올려 주겠다는 듯, 한 글자 한 글자마다 힘을 주면서 말하는 거야.

"이. 게. 정. 말. 로. 마. 지. 막. 이. 야."

"……."

그 말에 나도 모르게 입을 앙다물고 이를 깨물고 말았어. 경찰의 그 말 때문이 아니라 그날 너와 다퉜던 일이 생생히 떠올라서였어.

"이상하지? 네가 '마지막'이라고 말하고 난 뒤에 해록이가 실종됐다는 게."

"제가 해록이를 어떻게 했다고 생각하세요?"

"글쎄. 조금 더 파 보면 나오겠지. 네 생각처럼 우리나라 경찰이 그렇게 삽질만 하는 건 아니라서."

"제가 정말 해록이를 어떻게 했다면 경찰서로 데려가면 되잖아요. 근데 아줌마는 왜 굳이 우리 집에 찾아와서 이러고 있어요?"

"여러 이유가 있지. 네가 미성년자이기도 하고……."

경찰이 한 발 빼더라고. 그럼 그렇지. 저 멍청한 경찰이 도대체 뭘 알겠어.

"증거도 없을 테고요."

"뭐?"

"무슨 증거가 있어야 잡아가든 말든 할 텐데 아무 증거도 없으니까 괜히 겁이나 주는 거겠죠. 그게 아니라면 미성년자 혼자 있는 집에 불쑥 찾아와서 기억도 안 나는 말들로 협박이나 하고 있겠어요? 아줌마는 기억력이 무슨 셜록 홈스나 돼서 자기가 한 말을 전부 다 기억하나 본데, 전 아니거든요. 근데요. 전 하나도 겁 안 나요. 왠지 알아요? 전 아무 짓도 안 했으니까. 절 협박하고 겁주고 싶으면 제가 해록이를 저수지에 빠뜨려 죽였다는 증거를 가지고 와 봐요. 혹시 알아요? 그럼 제가 자백이라도 할지?"

경찰은 고민에 빠진 눈치였어. 그러곤 가져온 수첩에 뭔가를 끄적였지. 나는 그 수첩에 어떤 게 적혀 있을지 궁금하면서도 한편으로는 경찰이 안쓰러웠어. 저렇게 멍청해서는 아무것도 찾지 못할 테니까. 경찰이 볼펜으로 수첩에 동그라미를 몇 번 치더니, 뭔가 확인하려는 듯 물었어. 그 말 한마디에 나는 현관문을 열고 경찰을 처음 마주하던 그 순간으로 다시 돌아가고 말았지. 경찰은 여유롭게 웃었고 나는 더 이상 웃을 수 없었어.

"이상하네. 난 네가 해록이를 저수지에 빠뜨렸다는 말은 한 적 없는데."

5

너랑 사귀는 일은 아주 당연하다는 듯 시작됐어. 숨을 쉰다고 생각하지 않아도 숨을 쉬는 것처럼, 너랑 사귄다고 생각하지 않았을 때도 이미 우리는 다른 애들 사이에서 사귀는 사이가 되어 있었어. 어쩌면 내 대답 같은 건 아무도 중요하게 생각하지 않았는지도 모르지.

소문은 수업이 끝나기가 무섭게 퍼져 나갔어. 6교시가 끝났을 때는 우리를 아는 아이들뿐만 아니라 선생님들까지 우리가 사귄다고 알고 있더라고. 사실 그때까지 나는 여전히 너에게 '예스'나 '노'라는 표현을 하지도 않았는데 말이야.

너랑 사귀는 일에 내 의지가 필요 없다는 게 조금 마음에 걸리긴 했지만, 그렇다고 기분이 나쁘지는 않았어. 너는 그만큼 나를 설레게 했으니까.

너는 몇 번이고 되풀이해서 내 이름을 불렀어. 이제 내 이름을 마음껏 부르고 내 눈을 마음껏 바라봐도 된다는 허락이라도 받은 사람처럼 자꾸만 날 보고 웃었지. 금방 눈을 마주쳐 놓고는, 못 참겠다는 듯 다시 날 바라보곤 했어.

너랑 사귄 뒤부터 나는 주말이 되기만을 기다렸어. 학교에서 매일 만났지만 데이트는 아니었으니까.

기억나? 우리가 처음으로 영화를 보러 간 날. 그날 어떤 영화를 봤는지 기억도 안 날 만큼 너랑 있는 게 좋았어.

그리고 두 번째 주말이 찾아왔지. 지금도 그날이 정확히 기억나.

너는 날 보자마자 왜 자꾸 바지를 입냐고 물었어. 처음엔 그게 무슨 말인지 이해가 안 되더라고. 두 가지 생각이 동시에 들었어. '내가 널 만날 때마다 늘 바지를 입었던가?' 하는 생각과 '내가 왜 바지를 입었더라?' 하는 생각이. 사실 좀 난감했어. 왜 바지를 입냐니? 난 한 번도 그런 생각을 해 본 적이 없었거든. 바지를 입는데 딱히 특별한 이유는 없었으니까.

"다음엔 치마 입고 와."

"어?"

"넌 치마 입은 게 예뻐. 그러니까 다음에 만날 때는 치마 입고 와."

당황스러웠지만 그걸 느낄 새도 없었어. 내가 뭐라고 대답할 틈도 없이, 말 잘 듣는 강아지라도 된다는 듯 네가 내 머리를 쓰다듬었거든. 왜 그렇게 강아지들이 꼬리를 흔들며 쓰다듬어 주는 걸 좋아하는지 알겠더라. 나도 너에게 꼬리를 흔들고 더 쓰다듬어 달라고 애교를 부리고 싶어지더라고.

그 뒤로 나는 널 만날 때마다 치마를 입었어. 치마를 자꾸 사는 나를 보며 엄마는 어쩐 일이냐고 물었지.

"아니, 치마라면 불편하다고 질색하던 애가 웬일로 요즘은 죄다 치마만 사?"

이상하기도 했겠지. 평소에 나는 치마가 불편해서 절대 사지 않았거든. 치마를 입으면 다리를 오므리고 앉아야 하고 계단을 오르내릴 때도 신경 써야 해서 딱 질색이었으니까. 내가 입고 다니는 치마라고는 교복 치마가 전부였지.

"그냥. 예쁘잖아."

"예쁘기는! 세상에 그게 치마냐 빤스냐."

아빠가 눈을 흘기며 못마땅한 눈초리로 나무랐어.

"아유, 당신 또 시작이야. 내버려 둬. 지금 안 입으면 언제 입어? 꼬부랑 할머니 돼서 입어? 예쁠 나이에 입고 싶은 대로 입겠다는데 무슨 잔소리야."

엄마가 아빠 입을 막으며 말했지만 아빠는 계속 못마땅해 했지.

"당신은 해주가 수영복을 입고 다녀도 예쁠 나이니까 괜찮다고 할 거야?"

"쟤가 수영복 입었어? 그냥 치마 입었지. 왜 그래 정말. 아유, 해주야. 아빠 말 신경 쓰지 마. 괜히 저래. 딸은 딸일 뿐이에요. 딸은 당신 게 아니야. 그런 간섭 그만둬요."

엄마가 손사래를 치며 딱 잘라 말했고 아빠는 헛기침만 할 뿐 더는 아무 말도 없었어. 내가 치마를 입는 게 너 때문이라는 걸 알았다면 아빠는 어떻게든 못 입게 했겠지만 상관없었어. 아빠가 뭐라고 하든 난 네가 하라는 대로 입는 게 좋았어. 그러면 네가 좋아하니까. 내게 예쁘다고 해 주니까.

※

"연애 이야기는 이쯤 해 두고, 우리 조금 솔직해지면 어떨까."

"……."

경찰이 그렇게 말했을 때 나는 아무 말 없이 쳐다보기만 했어. 솔직해지자니? 난 이미 솔직하게 말하고 있는데, 여기서 뭘 어떻게 더 솔직할 수 있겠어?

"느꼈겠지만 나는 널 의심하고 있어. 그러니 내가 어떻게 널 의심하게 됐는지부터 이야기해야겠지? 처음에도 말했지만 너랑 해록이가 저수지에 간 날, 자정이 다 되어가는 시간에 경찰서에 신고 전화가 왔어. 신고자가 발견한 운동화는 235 사이즈였으니 누가 봐도 열일곱 살짜리 남자애 신발이라고 보긴 어렵겠지. 굳이 과학 수사까지 안 해도 그 운동화가 네 거라는 건 뻔한 사실이고."

경찰은 마치 아이를 다그치는 엄마처럼 나를 바라보았어. 당연히 나는 입도 벙긋하지 않았지.

"그런데 다음 날 오후에 실종 신고가 접수됐다는 거야. 운동화 주인처럼 보이는 여자애가 아니라, 그날 그 여자애와 같이 있었다는 남자애의 실종이었어. 이상하지? 뭐가 바뀐 것 같잖아. 무슨 일이지? 가출일까? 열일곱 살짜리 남자애가 연락이 닿지 않을 때는 대부분 가출이거든. 근데 가정 형편이나 분위기, 학교생활이나 주변 인물 탐문 결과

해록이는 가출할 이유가 전혀 없는 애였어. 가출이 아니라면 뭘까?"

나도 모르게 주먹을 꼭 쥐었어. 꼭 쥐고 있지 않으면 내 손에 있는 것들을 모래알처럼 모두 흘려 버릴 것 같았거든. 맞아. 나는 잃고 싶지 않아서 주먹을 쥐었어. 내 주먹 안에 꼭 네가 있기라도 한 것처럼.

"그럼 다시 원점으로. 그날 저수지에서 무슨 일이 있었을까. 아무 일도 없었다는 네 말과 달리 그날 분명 너희 둘에게는 무슨 일이 있었던 거야. 그날 버스 CCTV를 보면 너는 가기 싫어하는 해록이의 팔을 잡고 억지로 버스에서 내리게 해. 그리고 약 두 시간이 지난 뒤에 저수지 인근에서 한 목격자가 온몸이 물에 젖은 여학생을 발견하지. 남학생은 없었어. 그렇다면 남학생은 저수지에 도착한 후 사라졌다는 이야기가 되는데, 여학생은 왜 물에 젖어 있었을까. 도대체 그사이에 무슨 일이 있었던 걸까."

"……."

"저수지에 운동화가 가지런히 놓여 있던 걸로 봐서는 네가 물속으로 들어간 데 강압이 있었다고 보긴 어렵다는 판단이 서더라고. 만약 누가 강제로 널 저수지 안으로 밀어 넣은 거라면 운동화가 그렇게 가지런히 놓여 있진 않았겠지. 그러니까 여기부터가 풀리지 않는 거야. 물에 빠진 건 넌데 왜 해록이가 사라졌을까. 그리고 너는 왜 물에 빠졌을까. 주변 탐문을 바탕으로 생각을 좀 해 봤어. 그랬더니 아무리 생각해도 해록이가 사라진 사건의 중심에 네가 있는 것 같더라고."

거기서 침묵했어야 했어. 경찰이 무슨 말을 지껄이든 가만히 뒀어야 했다고. 하지만 나는 그러지 못하고 잔뜩 흥분해서 소리를 지르고 말았어.

"저는 몰라요. 아무것도 모른다고요!"

경찰은 쥐를 잡으려고 놓은 쥐덫에 어째서 고양이가 잡혀 있는 건지 도무지 알 수 없다는 듯한 표정으로 나를 바라보았어.

"실종 신고가 들어오면 맨 먼저 그 사람의 마지막 모습을 찾아. 어디로 갔을까 추리하면서 근처 CCTV를 확인하고, 가장 마지막에 만난 사람을 찾아가지. 해록이를 가장 마지막에 만난 사람은 너야. 근데 난 널 가장 늦게 찾아왔어. 왜인 줄 알아?"

무슨 수수께끼도 아니고, 자꾸 이야기를 듣자니 좀 짜증이 나더라고. 그래서 무슨 대답을 원하는지 모르겠지만 그 딴 건 그만두고 할 말이나 마저 하고 우리 집에서 꺼져 달라고 하는 편이 낫겠다 싶었어. 근데 경찰이 이상한 말을 하는 거야.

"사실 실종 신고가 들어왔을 때만 해도 가출에 더 무게를 두고 있었어. 별문제가 없는 보통의 청소년 남학생이 실종되는 경우는 극히 드무니까. 보통은 자의에 의한 가출이 많지. '우리 애는 가출할 이유가 없어요.'라고 많은 부모들이 말하지만 실상은 다르거든. 가정 환경뿐만 아니라 친구 관계나 뭐 여러 가지 이유로 가출하기도 하니까. 그래서 해록이 부모님을 찾아갔어. 실종이 아니라 가출일지도 모른다는 이야기를 하려고. 근데 해록이 부모님이 너에 관해 이상한 얘기를 하는 거야. 네가 해록이를 죽이려 한다고. 주변 친구들한테도 물어보니 모두가 비슷한 말을 하더라고."

하, 기가 막혀서. 나는 얼굴을 잔뜩 구긴 채 어이없어 죽겠다는 표정을 지었어. 얼굴에 마음을 써 낼 수 있다면 당황, 분노 같은 단어들이 쓰여 있었겠지.

"도대체 누가 그런 말을 해요?"

"해록이 친구들이."

"걔네들 말을 믿어요?"

"학교에서 넌 정확히 '싸패년'이라고 불리고 있던데."

나는 표정이 굳었고 경찰이 말을 이었어.

"그게 뭐냐고 물으니까 '싸이코패스 미친년'이라고 하더라. 해록이가 친구들에게 자주 그랬대. 네가 자길 죽이려한다고. 이제 무섭기까지 하다고."

나도 모르게 웃음이 터져 나왔어. 내가 널 죽이려 한다고? 내가 무섭다고? 네가 그런 말을 친구들에게 했다는 게 믿기지 않으면서 동시에 기가 찼어.

내가 그랬지? 항상 네 친구들이 문제라고.

6

"너네 싸웠어?"

온주가 눈을 동그랗게 뜨면서 온갖 걱정을 하는 척 물었어. 얼마나 호들갑을 떨어 대는지 무슨 전쟁이라도 난 줄 알았다니까. 나는 밤새 울어서 퉁퉁 부은 눈으로 아무 대답도 하지 않고 책상 위에 엎드렸어.

"야, 왜 그래? 진짜 싸웠어? 어우, 눈 부은 거 좀 봐. 어떻해."

그날이 우리가 처음으로 싸운 날이었을 거야.

그날 나는 우리가 당장이라도 헤어지는 줄 알고 밤새 울었어. 나처럼 너도 많이 울진 않았을까, 얼굴이 퉁퉁 부어 있으면 어쩌지, 널 보면 무슨 말을 해야 할까, 미안하다고 할까. 얼마나 많은 고민을 하며 학교로 갔는지 몰라.

그런데 너는 한참이 지나도 등교하지 않았고, 너 대신 다른 애들만 우르르 몰려와 우리가 싸웠다며 웅성댔어. 맨 앞에는 우리가 싸웠다는 사실을 소문내고 싶어 안달 난 온주가 있었지.

"진짜 싸웠나 봐. 어제 해록이 생일 아니었어? 좋았을 텐데 왜 싸웠어?"

이상하지. 분명 온주는 우릴 걱정하는 거였는데, 어째서 난 그게 '잘됐다'라는 말처럼 들렸을까.

모르지. 단순한 호기심이었는지, 아니면 우리가 싸운 게 정말 걱정돼서였는지. 온주는 모든 사람이 다 들으라는 듯 우리가 싸웠다는 말을 몇 번이고 해 댔고, 난 그게 꼭 우리 둘이 헤어지길 기다리는 것처럼 들렸어.

나연이와 예지도 그런 온주가 못마땅했나 봐. 너도 알다시피 둘 다 성격이 불같아서 참는 걸 잘 못하잖아.

"그 정도로 말해서 소문이 나겠냐? 차라리 방송실에 가서 얘네 싸웠다고 방송을 하지."

빈정대는 나연이 말에 온주는 당황한 눈치였어. 눈이 동그래져서는 그게 무슨 뜻이냐고 되물었지. 그 예쁜 얼굴로 아무것도 몰라요, 하고 순진한 척 눈을 동그랗게 뜨는데 얼마나 짜증 나던지. 다른 애들도 나와 비슷하게 느꼈는지 예지가 말귀 못 알아먹는 온주에게 직설적으로 말했어.

"네가 그렇게 말 안 해도 얘네 싸운 거 다 안다고."

"아, 아니 나는……."

"'아니 나는' 하지 말고, 그냥 자리 가서 앉으라고."

예지 말에 찍소리도 못하고 얼굴이 뻘게져서 자리로 돌아가는 온주를 보니 얼마나 통쾌하던지.

난 항상 온주를 질투하고 경계하면서도 친하게 지내야 했어. 내가 나연이나 예지와 있는 것보단 온주와 있는 걸 네가 더 좋아했으니까.

온주랑 친하다는 건 단순히 '친구'라는 개념은 아니었어. 온주와 친하다는 건 내가 '인싸'에 가깝다는 뜻이었고, 그래야만 인기가 많은 '너'의 여자 친구가 될 자격이 있는 것 같았거든. 그래서 온주가 아무리 날 불편하게 만들어도 온주를 친구 목록에서 빼지 못했어.

온주가 자리로 돌아가자 웅성대던 아이들도 흩어졌어.

"뭔 일이야?"

나연이와 예지가 내 등을 토닥이면서 괜찮냐고 물었지만 눈물이 왈칵 쏟아지는 바람에 아무 말도 할 수가 없었어.

우리가 왜 싸워야 했는지 생각해 봤어. 그전까지 우리

는 서로 얼굴만 봐도 너무 좋았잖아. 아이러니하게도 우리가 처음 싸운 날, 그날이 내가 너를 가장 사랑한 날이기도 했어.

기억나? 네 생일 전날, 내가 준 생일 선물.

선물을 내밀었을 때, 너는 해맑게 웃었어. 크리스마스 선물을 받은 아이처럼 순수한 호기심과 설렘으로 가득한 채 말이야.

"마음에 들어?"

선물 포장을 푼 너는 놀란 듯, 얼굴이 빨개진 채로 흥분한 눈을 숨기지 못했어.

"이거 엄청 비싼 시계 아니야?"

네가 놀란 것도 당연해. 요즘 네가 명품에 관심이 많다는 걸 알고 있었거든. 누구는 생일 선물로 지갑을 받았다더라, 카디건을 받았다더라 하는 말들이 오갔고 누가 제일 비싼 걸 받았는지를 두고 순위를 매기고 있다는 것도 알고 있었어.

네 생일이 다가올수록 나는 초조해졌고 어떤 선물을 내밀어야 만점을 받을 수 있을지 고민이 깊어졌지. 그때 아빠 시계가 떠오르더라고. 산 지 좀 된 것 같은데 아끼고 아끼느라 한 번도 차지 않은 바로 그 시계. 너와 네 친구들이 그렇게 입을 모아 말하던 그 명품 말이야. 그거면 누구에게도 지지 않을 선물이 될 게 확실했어.

다른 생각은 들지 않았어. 그때 나는 그만큼 네가 좋았거든. 아빠 물건에 손을 댈 만큼. 다른 건 생각도 하지 못할 만큼.

"너 주려고 용돈 좀 모았지."

그거 알아? 네가 그 반달 같은 눈으로 예뻐 죽겠다는 듯 내 뺨을 두 손으로 감싼 채 가까이 다가왔을 때, 꿈을 꾸는 것 같았다는 거. 온 세상에 내가 주인공인 꿈 말이야.

"미안해. 내일 네 생일인데 학원 가야 된다고 해서. 진짜 중요한 특강이라 빠지기 힘들어서 그래."

"오늘도 학원이고 내일도 학원이야? 우리 해주 이렇게 공부만 하다가 쓰러지는 거 아니야?"

"미안."

정말로 미안했어. 네가 너보다 학원이 더 중요하냐고 했다면 나는 아무 말도 못 했을 거야. 고맙게도 너는 화내지 않고 웃으며 괜찮다고 말해 줬어.

"대신 내일 저녁에는 너, 완전히 내 거다."

그렇게 일요일 저녁이 찾아왔어. 그날 마냥 바빴던 기억이 나. 학원 특강이 끝나자마자 화장을 해야 했고 고데기도 해야 했어. 어떤 옷이 예쁠까 몇 번이나 옷을 갈아입으면서 네 생일을 어떻게 하면 기억에 남게 해 줄까 고민했지. 너 역시 가장 멋있는 날이 될 거라는 걸 알았을 거야. 네 손목에는 멋진 시계가 반짝일 터였고, 네 인스타는 우리의 사진 아래로 부러움으로 가득 찰 테니까.

그날 바람이 불었던 것까지 생생하게 기억나. 나뭇잎이 어떻게 흔들렸는지, 가로등 불빛에 네 얼굴이 얼마나 반짝였는지도.

어둠이 세상을 감싸고 있었지만 너랑 내가 있던 그 길에는 노란 가로등이 밝게 빛나고 있었어. 5월인데 뭐가 이리 덥냐고 투덜거리던 낮의 네 얼굴과는 비교도 할 수 없을 만큼 너의 밤 얼굴은 좋았어.

낮의 얼굴이 땀과 빛에 반짝였다면, 밤의 얼굴은 땀이 식어 서늘하고 은은했어. 네 눈동자 속에 내 얼굴이 노란 불빛으로 반사되어 보였지. 세상이 꼭 우리만을 위해 존재하는 것 같았어,

네가 나를 보고 웃으며 어제 봤는데도 너무 보고 싶었다고 했을 때, 그때 나는 다시 이 세상의 주인공이 되었어. 너랑 있을 때면 가끔 세상을 다 얻은 것 같은 기분에 휩싸

이곤 했는데, 그날이 그런 순간이었어. 세상을 다 얻고, 이 대로 죽어도 좋을 만큼 벅찼던 순간.

나는 그날이 우리의 가장 아름다운 날이 될 거라고 확신했어. 내 입술과 네 입술이 쪽, 하고 마주쳤을 때 바람이 분 것도, 내가 입술을 떼려고 하자 네가 다시 나를 잡아끌었던 것도, 따뜻하고 시원한 바람이, 흔들리는 나뭇잎이, 노란 가로등이 숨죽여 우리를 지켜 준 것도 꿈만 같았지.

내가 바라던 것들이 그대로 이루어지기에 모든 게 완벽했어. 바로 뒤따라 그 짜증 나는 웃음소리만 이어지지 않았더라면 말이야.

"크큭."

"닥쳐, 새끼야. 들리잖아."

웃음소리와 웅성거림이 바람을 타고 내 귀에 꽂혔을 때 등 뒤로 오스스 소름이 돋았던 기억이 아직도 생생해. 산뜻하고 시원하던 바람이 한순간에 불쾌하게 바뀌던, 그 섬뜩함을 어떻게 잊을 수 있겠어.

"무슨 소리야?"

"뭐가?"

너는 당황한 듯 보였고, 어서 자리를 떠나고 싶은 사람처럼 내 손을 잡아끌며 아무 소리도 들리지 않는다고 했어. 하지만 나는 그 불쾌함을 모른 척 넘길 수 없었어. 맞은편 벤치 뒤쪽에 숨어 있는 사람의 모습이 분명히 보였으니까. 네가 그걸 왜 모른 척하는지 이해가 안 되더라고.

"됐어. 그냥 가자. 데려다줄게."

그때 네 눈동자가 얼마나 흔들렸는지 너는 모를 거야. 무언가를 숨기는 사람이 그러듯 너는 불안하고 다급해 보였어. 뭐가 널 그렇게 만들었는지 확인해야 했어. 하지만 내가 발걸음을 옮겼을 때 너는 내 손목을 잡아끌었지.

"아, 그냥 가자니까."

너는 가자고 했고 난 싫다고 했어. 그 순간 벤치 뒤에서 킥킥대던 사람들이 누군지 알 것 같았거든. 나는 네 손을 뿌리치고 성큼 걸어갔고, 너는 작게 욕을 했던 것 같아. 그 욕이 나를 향한 건지, 아니면 몰래 우리를 지켜보던 이들을 향한 건지, 그것도 아니면 그 모든 걸 들켜서였는지, 나는 아직도 잘 모르겠어.

"너희 여기서 뭐 해?"

"어, 해주야. 안녕."

장지상, 박채호, 김민규.

내 예상대로 네 친구들이 맞았어.

나는 우리가 싸운 게 전부 네 친구들 때문이라고 생각

해. 언제나 너를 나눠 가져야 하는 망할 네 친구들.

　네 친구들이 처음부터 마음에 안 들었던 건 아니야. 나도 걔들 다 좋아해. 장난이 좀 심해서 그렇지 재미있는 애들이잖아. 같이 있으면 웃기고 즐거우니까.

　모델처럼 팔다리가 길죽길죽한 민규는 사진을 정말 잘 찍었어. 어떻게 하면 사진이 멋지게 나오는지 안다고나 할까. 덕분에 나도 인생 사진 많이 건졌지. 너랑 나, 우리 사진은 또 어떻고. 민규랑 같이 놀 때마다 내 인스타는 나를 잘나가는 애처럼 보여 줬어. 민규가 색감이며 구도며 뭐 하나 빠짐없이 완벽하게 인스타 감성에 딱 맞는 사진을 찍어 줬으니까.

　모든 사람과 친해질 수 있는 핵인싸 채호는 항상 분위기를 활기차게 만들었어. 채호가 있는 곳엔 웃음이 뒤따랐으니까. 가끔 바보 같은 짓을 하지만 덕분에 더 많이 웃기도 했으니 바보짓쯤이야 그냥 웃고 넘어갈 정도지, 뭐.

　마지막으로 네가 가장 아끼고 좋아 죽는 장지상. 지상이야말로 네 베스트 프렌드인데, 지상이는 너랑 그런 단어를 쓰면 어쩐지 서로 겸연쩍어했어. 너는 "그냥 졸라 오래된 친구."라고 말하지만, 그 '친구'라는 한마디에 단순한 우정뿐만 아니라 믿음이나 신뢰 같은 게 들어 있다는 걸 알 수 있었어.

지상이와 너는 인사 대신 서로에게 욕을 내뱉었어. 처음에는 이해가 안 돼서 싸우는 줄 알았지.

"뭘 봐, 새꺄."

"뭐래 미친놈이."

무표정한 얼굴로 서로를 향해 눈을 흘기며 욕을 주고받은 다음 아무렇지도 않게 하이 파이브를 했어. 어릴 적부터 해 오던 너희만의 인사법이라나 뭐라나. 나도 너희에게 맞춰서 인사 대신 욕을 뱉어야 하나, 싶었던 적도 있다니까.

봐. 내가 네 친구들을 얼마나 좋아했는지. 이렇게나 네 친구들을 좋게 생각하고 있었잖아. 그 일만 없었어도 나는 여전히 네 친구들을 괜찮은 애들로 여겼을 거야.

하지만 뻔뻔한 네 친구들은 아무 일도 없었다는 듯 시치미를 뗐어. 나는 그 상황을 해명하길 바라며 너를 바라봤어. 너는 머리를 쓸어 넘기며 인상을 쓸 뿐이었지.

"언제부터 여기 있었어?"

"뭐, 뭐가?"

"언제부터 있었냐고."

당장이라도 소리를 지르고 싶었지만 참았어. 네 친구들이니까 참고 또 참으면서 물었던 거야. 눈치 없는 채호가 분위기를 무마하려는 듯 괜히 웃으며 말했어.

"아이, 왜 화를 내냐. 좀 있을 수도 있지 뭘 그래. 안 그러냐, 해록아?"

너는 아무 말도 하지 않았어. 너의 침묵이 내 머릿속을 하얗게 만들었어. 나중에 너는 모든 게 오해였다고, 내가 너무 예민하고 민감하게 반응했다고 말했지만, 아직도 잘 모르겠어. 정말 내가 예민하게 군 건지, 네 말대로 하필 우연이 겹쳐서 오해가 생긴 건지. 그때 나는 그 어느 때보다 이성적이고 객관적이었거든.

"너도 알고 있었어?"

"해주야, 그게……."

"오늘 우리 둘만 만나는 거 아니었어?"

"어, 그게…… 내가 너 만나러 온다니까 저 새끼들이 따라오겠다는 거야. 장난으로 한 말인 줄 알았지 진짜 따라올 줄은 몰랐어. 아, 또라이들. 너희 돌았냐? 진짜 오면 어떡해."

그때 하필이면 네 친구 손목에 시계가 보였어.

"그거 내가 해록이한테 준 시계잖아. 그걸 왜 네가 차고 있어?"

"어, 어?"

그때 민규가 그렇게 당황하지만 않았어도, 지상이와 네가 그렇게 빠르게 눈빛을 주고받지만 않았어도, 그렇게까지 기분이 나쁘진 않았을 거야.

"내놔."

내가 시계를 빼앗으려고 하자 너는 미치겠다는 표정을 하고선 짜증스럽게 말했어.

"뭐 하는 거야."

"이거 어제 내가 너한테 준 선물이야. 일 년 전도 아니고 어제 준 거라고, 어제. 근데 그걸 왜 쟤가 차고 있냐고. 너 이게 얼마짜리인 줄 알아?"

정말이지 머리 뚜껑이 열리고 부글부글 끓는 기분이었어. 김민규 손에 있는 시계를 빼앗아야 한다는 것 말고는 아무 생각도 들지 않았어.

"아, 야! 뺄게. 뺀다고. 잠깐만."

나는 김민규 손목에 채워진 시계를 잡고 흔들었고, 김민규는 그런 나를 뿌리치며 시계를 벗었어. 그 바람에 시계가 내던져지듯 날아가 벤치 모서리에 찍히고 말았지.

피가 거꾸로 솟는 것 같았어. 사실 네가 시계를 몇 번 차고 나면 솔직하게 얘기하고 아빠 서랍에 도로 넣어 둘 생각이었거든. 네가 다 이해해 줄 거라고 믿었어. 그런데 모서리에 찍힌 시계에는 선명한 흠이 생겨 버렸어. 그건 더는 아빠를 속일 수 없다는 뜻이었지.

7

"물어내."

"뭐?"

"김민규 네가 그랬으니까 물어내라고. 이게 얼마나 비
싼 건 줄 알아?"

내 말에 너는 당황했다기보다 어이없다는 표정이었어.
내가 말도 안 되는 억지를 부린다는 듯, 그런 나를 상대하
기가 버겁다는 듯 말이야.

"그만해."

"그만하긴 뭘 그만해? 이제 어떻게 할 거야, 이거! 너희
가 다 물어내. 원상 복구 안 해 놓으면 너희 다 고소할 줄
알아!"

"그럼 신고하든가."

"뭐?"

"아 씨, 진짜. 애들 앞에서 쪽팔리게."

"뭐? 쪽팔려?"

"그만하자."

"뭘 그만해? 내가 네 생일날까지 네 친구들이랑 보내야 해? 그럼 그냥 너네들끼리 놀지 난 왜 불렀는데? 나는 너랑 데이트하는 줄 알고……. 내가 지금 얼마나 비참한 줄 알아?"

눈물이 터질 것 같아서 입술을 꽉 깨무는데 네가 휴대폰을 꺼내 내 눈앞에 들이밀었어.

"확인해 봐. 내가 애들한테 여기로 오라고 한 카톡 하나라도 있는지. 다 뒤져서 네가 직접 확인해 보라고. 대신 아무것도 안 나오면 너랑 나는 끝이야."

"……뭐?"

네 입에서 끝이라는 말이 나왔을 때, 정말이지 심장이 바닥 끝까지 떨어지는 듯했어. 분명 조금 전까지는 하늘을 둥둥 떠다니는 것 같았는데, 온 세상이 너랑 나를 위해 존재하는 것 같았는데, 어떻게 한순간에 이렇게 참혹해질 수 있는 거지?

"네가 지금 그깟 시계 하나 때문에 내 친구들 고소한다며. 쟤들이 왜 여기 와 있는 줄 알아? 너는 학원 때문에 바빠서 저녁에야 만날 수 있다고 했더니 생일날 혼자 있지 말라고 하루 종일 같이 있어 주더라. 장난으로 데이트에 따라온다고 했는데 진짜 올 줄은 몰랐고. 그렇다고 그렇게 미친 듯이 날뛰어야 속이 시원하냐? 그리고 그 시계 나한테 준 거잖아. 그럼 내 건데, 네가 왜 고소를 하니 마니 난리야. 게다가 시계는 민규 저 새끼가 아니라 네가 강제로 뺏다가 날린 거잖아."

말문이 막혔어. 내 말문을 막은 건 너의 태도도, 그만하자는 말도 아니었어. 그건 울음이었어. 암담하고 수치스러운 울음.

나는 곧장 뒤돌아섰고, 집으로 가는 내내, 아니 밤새 울었어. 나한테 무슨 일이 벌어진 건지 몰라서. 네 생일이 그런 식으로 악몽이 된 게 믿기지가 않아서.

너에게선 밤새 단 한 번의 카톡도 오지 않았어. 그리고 그다음 날 너는 한참이 지나도록 등교하지 않았지. 나는 그 일을 아무한테도 말하지 않았어. 잔뜩 구겨진 쓰레기가 되어 다른 애들의 마음에도 없는 걱정 따위나 들어야 하는 게 싫었거든.

근데 온주가 그러는 거야.

"야, 너네 진짜 크게 싸웠나 보다. 무슨 일이 있었길래 정해록은 학교도 안 와? 전화도 안 받고. 뭐야, 진짜. 무슨 일인데?"

수업 시작 시간이 얼마 남지 않았는데 그때까지도 네가 오지 않자 걱정이 되기 시작했어. 너도 나처럼 밤새 울었을지 모른다고, 나랑 싸워서 많이 힘들었을 거라고.

하지만 뒤늦게 나타난 너는 내 걱정과 달리 너무도 멀쩡해 보였어. 너는 태연한 얼굴로 친구들과 하하 호호 웃으며 나타났고, 난 무너져 내렸지.

그런 너를 보더니 온주가 고개를 갸웃거렸어.

"해주야, 너네 진짜 싸운 거 맞아?"

"……."

"뭐야. 정해록은 밤새 게임하다가 늦잠 자서 늦은 거라던데. 그럼 넌 왜 운 거야?"

온주의 말이 나를 더 비참하게 만들었어. 밤새 흘러내린 내 눈물이, 그 시간들이, 길거리에 널브러져 방치된 것 같았어.

그날 내내 너는 평소와 조금도 다르지 않았어. 단 하나, 나라는 존재만 빼고 말이야. 너는 꼭 내가 처음부터 존재하지 않았던 것처럼 행동했어. 온주하고는 잘만 장난을 치면서, 나는 거들떠보지도 않았지.

너랑 온주가 같이 있는 모습을 보니 나도 모르게 초조해졌어. 너랑 온주는 정말 잘 어울렸으니까. 네 어깨를 치며 웃는 온주의 웃음소리가 교실을 가득 메우는 것 같았어.

그리고 그 눈빛.

나를 보던 그 눈길이 다른 사람에게 향하는 걸 견딜 수가 없었어. 그런 너를 보고 있으니 속이 메스꺼워졌어. 당장이라도 토할 것 같았는데, 아무것도 먹은 게 없어서 구토가 시작되면 위장이 몽땅 말려 올라올 것만 같았어.

화가 나더라. 나는 이렇게 아픈데 너는 아무렇지도 않다는 게 분하고 네가 미웠어. 근데, 그런데도, 나는 너랑 헤어지고 싶지 않았어. 너랑 있으면 세상이 다 내 것 같았으니까. 드디어 인생의 주인공이 된 것 같았으니까. 너는 날 그렇게 만들어 주는 사람이었으니까.

거봐. 내 인생에서 고작 너 하나가 사라졌는데 나는 다시 아무것도 아닌 사람이 되어 버렸잖아. 네가 쓰고 버린 물티슈처럼 아무렇게나 버려진 존재가 된 것 같았지.

넌 절대로 모를 거야. 그게 얼마나 끔찍했는지. 견딜 수가 없더라. 너는 그대로이고 나만 엉망진창이 된 그 상황을.

그렇게 하루가 지나는 동안 나는 너덜너덜해졌어.

"해해 커플이라고 나대고 다닐 땐 언제고 완전 개털 됐네."

"야, 정해록은 멀쩡한 거 보니까 김해주가 차였나 보다, 맞지? 종일 질질 울던데. 저게 사람이냐, 폐인이지."

"김해주 불쌍해."

아이들이 수군거리는 소리가 어디에서나 들리는 것 같았어. 너와 함께한 사진과 추억으로 도배되어 있던 내 인스타에 더는 아무런 사진도 올릴 수 없었지. 나는 인스타 속 사진을 지워야 할지, 계정을 탈퇴해야 할지 고민했어.

그런데 네 인스타에는 새 사진이 올라와 있더라. 네 친구들과 밝게 웃고 있는 사진이 말이야. 그때 누가 내 머릿속에서 종이라도 울린 듯 띵— 소리가 났어. 너는 정말로 그대로구나. 나는 존재했다가 사라져도 너에게 아무 영향도, 조금의 슬픔도 안겨 주지 못하는구나. 허무하고 허탈했어.

나한테서 너를 빼면 아무것도 남지 않는데, 너는 나 하나 없어도 그만이라는 게, 너는 고작 나 하나를 잃는데 나는 전부를 잃는다는 게 어딘가 구멍이라도 난 것처럼 나를 공허하게 만들었어.

사실 그전까지는 네가 오늘 밤에는 연락하지 않을까 조금은 기대하고 있었던 것 같아. 근데 그 사진을 보니 알겠더라. 너한테 나는 없어져도 그만인, 기껏해야 그 정도인 사람이었다는 거. 그래. 너한테 내가 그 정도라면 내 인생에도 그깟 너 하나쯤 얼마든 없어져도 그만이다, 그렇게 마음을 다잡았어.

다음 날 학교에 가자마자 책상에 엎어져 눈물을 흘리는 대신 너에게 갔어.

"얘기 좀 해."

"해."

너는 한 발짝도 움직일 생각이 없었고, 네 친구들로 가득 차 있는 곳에서 이야기를 하라고 했어. 내가 짜증 나는 네 친구들을 쏘아보자, 그제야 몇 명이 엉덩이를 떼고 움직였지. 너는 바퀴벌레처럼 사라지는 친구들 따위는 안중에도 없다는 듯 나를 봤어.

맞아. 내가 늘 원했던 네 눈빛, 그거였어. 세상에 오로지 나 하나만 보이는 듯 그렇게 뚫어져라 나만 바라보는 눈빛. 나는 그걸 미치도록 원하고 있었던 거야.

"얘기하자며. 해."

너는 아무 표정 변화도 없이 말했어. 나는 네 눈빛에 흔들렸고, 그래서 무슨 말을 하려 했는지도 잊어버렸는데 말이야.

"우리 헤어진 거야?"

그렇게 말하고 곧장 후회했어. "헤어지자."라고 말해야 했는데. 헤어진 거냐고 묻는 건 너무 바보 같잖아. 그런데 너의 대답이, 다시 말을 주워 담고 당장이라도 튀쳐나가고 싶어 하는 나를 붙잡아 세웠어.

"아니."

"아니라고?"

"어. 나는 너랑 헤어지기 싫은데."

좀 놀랐어. 네가 그렇게 말할 줄은 몰랐거든. 나는 주춤했고 너는 나를 빤히 바라보기만 했어.

"……왜 헤어지기 싫은데?"

"아직 네가 좋으니까."

너는 세상에서 가장 당연한 질문을 받은 사람처럼 태연하게 대답했어. 어쩌면 그 대답이 사실은 내가 가장 듣고 싶었던 말이었는지도 몰라.

"헤어지기 싫다면서 왜 여태껏 아무 말도 안 했어?"

"기다리고 있었는데."

"뭘?"

"네가 이렇게 오는 거."

나도 모르게 침을 삼켰어. 처음 네가 나를 빤히 바라보던 그날처럼 심장이 뛰었거든. 그리고 너는 하루 동안 아무 연락도 하지 않고 말도 걸지 않은 이유를 설명했어. 네가 아무리 아니라고 해도 내가 믿지 않을 테니까 내가 이야기를 들을 준비가 될 때까지 기다렸다고.

"그날은 나도 당황했어. 저 새끼들이 진짜 따라올지도 몰랐고, 네가 갑자기 화를 내니까 뭐라고 해야 할지도 모르겠더라. 널 그렇게 보내고 애들한테 물어봤더니, 장난으로 따라온 게 아니라 내가 두고 간 시계 돌려주려고 따라온 거래. 내가 시계를 깜빡하고 두고 온 걸 알면 네가 속상할까 봐. 너 만나기 전에 시계 돌려준다는 게, 너랑 내가 같이 있는 거 보고 숨은 거였대."

그 말 어디에도 내가 그날 얼마나 수치스러웠을지, 당황하고 놀랐을지, 두려웠을지에 대한 건 조금도 포함되어 있지 않았지만 괜찮았어. 네가 괜찮다고 했으니까. 네가 괜찮다고 하면 나도 괜찮은 거니까.

그러다가 내가 영원히 다가오지 않으면 어쩌려고 했냐는 질문에 너는 마침표를 찍듯 덧붙였어.

"날 못 믿는 여친은 별로. 나는 내 말이면 죽는대도 믿어 주는 사람이 좋아."

그 이후로 나는 언제나 약자였어.

다툼에선 늘 네가 이겼어. 난 완전한 패배자였지. 맞아. 내가 지지 않았다면 아마 우린 언제고 헤어졌을 거야. 너는 "사사건건 예민하게 구는 애는 별로."라고 했어. 더군다나 '네 말'을 믿지 못하는 여친은 더더욱 별로라면서 말이야. 너는 '별로'라는 말과 동시에 나를 바라보았어. 그 눈빛은 언제든 끝낼 수 있다는 협박 같았고 나를 더는 사랑하지 않겠다는 선포 같았어.

나는 그 '별로'라는 말이 사형 선고라도 되는 것처럼 두려웠어. 바로 그 첫 번째 다툼이 우리의 사랑에 강자와 약자를 분명하게 나누었지. 그리고 넌 이렇게 말했어.

"내가 얼마나 좋아하는지 알겠지? 그러니까 네가 날 못 믿어도 이렇게 기다렸지."

지금 생각해 보면, 너의 모든 말은 항상 '너'를 중심으로 이루어졌어. 네가 약속에 늦은 날에도 나는 왜 이리 늦었냐고 화 한 번 낼 수 없었어. 너는 내가 재촉하는 바람에 서두르느라 뭔가를 빠뜨렸다거나 머리 스타일을 살리지 못했다고 짜증을 냈으니까. 늦은 건 넌데, 결국엔 내가 미안하다고 사과해야 했지. 나 때문에 네 머리 모양이 마음에 들지 않았으니까 미안하다고. 다음부터는 네가 늦더라도 얌전히 기다리겠다고.

네가 나를 못마땅하게 여길까 봐 늘 불안했어. 사랑이 식을까 봐, 그래서 다시 혼자가 될까 봐, 나는 너에게 점점 더 사랑을 구걸했고 너에게 다 맞춰 갔어.

끊임없이 네 사랑을 확인받고 또 확인받으면서.

8

"걔네는 낄 데 안 낄 데 구분도 못 하는 그런 애들이었어요. 비싼 시계를 선물로 주니까 제가 무슨 호구인 줄 아는지 허구한 날 PC방비 좀 대 달라고 하는 그런 애들이었다고요. 걔네한테 저는 돈줄 호구 그 자체였어요. 더는 돈을 못 대 주겠다고 했더니 저한테 욕까지 퍼부었다고요. 그런 애들 말을 믿어요?"

네 친구들 이야기가 나오자 나도 모르게 감정이 격앙됐어. 왜 아니겠어? 걔네들이 나를 싸패년이라고 불렀다는데, 누가 누구더러 사이코패스라는 건지 모르겠네.

"그게 정말이니?"

"제가 없는 일을 지어서 말하겠어요?"

내 말을 들은 경찰이 고개를 갸웃거렸어. 미간을 잔뜩 찌푸린 채였지. 경찰이 네 친구들의 말을 의심하고 있다는 느낌이 들었어. 그때를 놓치지 않고 말을 이어 갔어.

"해록이 부모님은 절 못마땅해 하셨어요. 제가 아닌 다른 누구였어도 마찬가지였을 거예요. 해록이 성적이 나쁜 이유가 여자 친구 때문이라고 생각하셨으니까. 근데요, 해록이는 여자 친구 없이 두 달을 넘긴 적이 없어요. 그게 무슨 말이겠어요? 늘 성적이 안 나왔다는 뜻이죠. 근데도 해록이 부모님은 그 탓을 다른 사람한테 돌렸어요. 제가 해록이 여자 친구니까 제가 타깃이 됐을 뿐이라고요."

"고작 그 정도 이유로 네가 해록이를 '죽이려 한다'고까지 표현했을까?"

한숨이 나왔어. 경찰이 뭘 몰라도 한참 모르는 것 같았거든. 가슴이 답답했지만 어쩌겠어?

"해록이가 자꾸 헤어지자고 해서 싫다고 매달렸어요. 헤어지는 것만 빼면 뭐든지 다 하겠다고, 빌고 또 빌었어요. 해록이는 헤어지고 싶은데 제가 싫다고 하니까 답답했을 거예요. 절 보면 숨이 막힌다고, 죽을 것 같다고 했거든요. 그래서 해록이가 부모님한테 제가 자길 죽이려 한다고 표현했을 수도 있어요."

경찰의 표정은 동정보다는 경악에 가깝게 찡그려져 있었어. 내가 사랑을 구걸하는 게 거슬린다는 듯이.

"그렇게까지 해서 해록이랑 사귀어야 할 이유가 있었던 거니?"

"헤어질 수가 없었으니까요."

"어째서?"

"……."

"처음에 너는 나를 엄청나게 경계하면서 가시를 세웠어. 언제든지 나를 공격하고 너를 보호할 수 있다는 듯 말이야. 경찰 일을 오래 하다 보면 느낌이라는 게 생기거든. 너를 본 순간 내 생각이 맞았구나, 확신이 들었어."

경찰 입에서 나오는 단어 하나하나가 머리에 들어와 박히는 것 같았어. 커다란 망치로 못을 쿵쿵 두드리면서 내 머릿속을 헤집고 다 뒤집어엎는 것처럼.

"실종 신고를 받고 그 저수지에 가 봤어. 저수지 주변에 산책로가 조성돼 있는데, 제법 가파른 계단으로 이어진 길도 있고 저수지 아래로 내려갈 수 있는 길도 있더라고. 거기서 이런 생각을 해 봤어. 해록이가 헤어지자고 하자, 화가 난 네가 홧김에 해록이를 밀어 물에 빠뜨렸을지도 모르겠구나, 하고 말이야. 해록이를 빠뜨리고 놀란 네가 자살을 시도했을 수도 있지. 죽으려고 마음먹고 운동화까지 벗고 물에 들어갔다가 무서워서 도망쳤을 수도 있고. 그렇다면 정황이 훨씬 분명해지잖아?"

"……."

경찰이 나를 바라보았지만 나는 아무 말도 하지 않았어. 나한테는 말을 해야 할 의무도 없었고 그럴 필요도 없었으니까. 10분이 넘도록 내가 어떤 질문에도 대답하지 않자 경찰은 조금 초조해 보였어. 자기가 한 말을 후회하는 것 같았지.

"언제까지 입을 꾹 닫고 있을 거야? 맞으면 맞다, 아니면 아니다. 무슨 말이라도 해야 하는 거 아니니?"

"……."

내가 여전히 입을 열지 않자 경찰은 한숨을 내쉬었어. 그러곤 휴대폰을 꺼내 뭔가를 입력하더니 잠시 통화하고 오겠다며 자리에서 일어나 현관 중문 쪽으로 걸어갔어. 나는 탁자 모서리 어딘가를 가만히 내려다보았어.

무슨 특별한 생각을 한 건 아니었어. 그냥 멍했던 것 같아. 내가 너를 물에 빠뜨리고 나도 죽으려고 한 게 아니냐는 경찰의 말이 그럴싸하게 들렸거든. 그게 사실일 리 없는데, 내가 아니라고 한들 믿어 줄까 싶기도 했던 것 같아.

경찰이 통화를 짧게 끝내고 다시 돌아왔어. 계속 아무 말도 하지 않고 있으려 했는데, 나도 모르게 말이 나왔어. 나도 왜 그랬는지 이해가 가지 않아. 그냥 내 이야기를 하고 싶었어.

"해록이는 저를 정말로 좋아했어요."

"무슨 말이야?"

"제 친구 중에요, 진짜 예쁜 애가 있거든요. 여신 같은 애. 아이돌 소속사에서 연습생 하라는 스카우트 제의도 몇 번이나 받았는데 걔가 싫다고 거절했대요. 누가 봐도 눈에 띄고 예뻐요. 공부도 잘하고 키도 크고요. 그래서 다들 걔를 좋아하거든요. 근데요, 해록이는 걔보다 제가 더 좋다고 했어요."

경찰은 대꾸도 하지 않았어. 그저 내 이야기를 듣기만 했지. 그래서 조금 더 이야기하고 싶어졌어. 너와 나에 관한 이야기를.

※

내가 뭘 하든 다 예쁘다고 하는 사람은 네가 처음이었어. 너는 언제나 내가 세상에서 제일 예쁜 것처럼, 그래서 미치겠다는 표정으로 바라보곤 했지.

"태어나서 이번처럼 누굴 좋아해 본 건 처음인 것 같아. 진짜로."

우리가 처음 손을 잡던 날 기억나? 사실 기억 안 난다고 해도 나는 조금도 섭섭하지 않아. 너는 아무것도 아닌 순간에 내 손을 잡았거든. 그러니까 특별히 낭만적인 순간도, 그런 분위기도 아니었을 때, 그냥 지나가다 눈이 마주치듯 내 손을 잡았어.

네가 내 손을 잡은 순간 손끝에서 찌릿한 느낌이 차올랐어. 너는 나를 보고 웃었고, 나는 확신할 수 있었어. 네가 웃으면 세상이 밝아진다는 걸, 네가 내 전부가 될 거라는 걸.

"넌 왜 다른 애들처럼 화장 안 해?"

"어?"

"다른 애들은 화장도 좀 하고 고데기 같은 것도 하고 그러던데."

어느 날 네가 그렇게 말했을 때 나는 어리둥절했어. 네 전 여친들은 모두 예쁘게 꾸몄는데 나만 아니라고 질책하는 말처럼 들렸거든.

나는 조금 의기소침해졌어. 늘 너보다 내가 못나 보여서 신경 쓰였는데 네가 그런 이야기까지 꺼내니 잔뜩 위축될 수밖에.

“내가 화장을 잘 못해서 선크림만 발랐는데 이상해? 온주도 선크림만 바른다던데.”

“김온주 얘기는 뭐 하러 해. 걔는 걔지.”

사실 네가 온주 이야기를 그렇게 해서 기분이 좀 좋았어. 온주는 선크림만 발라도 예쁜 얼굴이 반짝여 보이잖아. 그래서 온주를 따라 하고 있었거든.

“다른 여자애들은 데이트한다고 하면 화장도 하고 막 꾸미고 나오길래, 나는 네가 날 별로 안 좋아해서 안 꾸미는 줄 알았지.”

“아, 아니야 그런 거.”

“내가 유튜브를 보다가 완전 존못인데 화장하고 여신되는 영상을 봤거든. 그냥 그게 신기해서 한 말이야. 신경쓰지 마. 하긴 우리 해주는 지금도 예쁜데 여기서 더 여신되면 내가 감당하기 어렵지.”

그 말에 나는 어린이날을 앞둔 아이처럼 잔뜩 들떴고, 네가 봤다는 메이크업 영상을 몇 번이고 찾아봤어.

그 뒤로 네가 날 더 좋아하길 바라면서 화장품을 사고 화장 연습도 했어. 그랬더니 다들 예뻐졌다고 하더라. 오랜만에 만난 친척들도, 동네 아줌마들도 모두 비슷한 말을 했어. 왜 이렇게 예뻐지냐고. 예쁘다는 말을 들으면 들을수록 꼭 바닷물을 마신 것처럼 점점 더 갈증이 났어. 더, 더, 더 예뻐지고 싶었어.

네가 좋아하는 스타일로 조금씩 변해 가는 나를 볼 때마다 나는 내가 자랑스럽기까지 했어. 렌즈를 끼고, 네가 좋아하는 스타일대로 머리를 고데기로 동그랗게 말았지. 너와 다정하게 손을 맞잡고 걸을 때, 어깨동무를 할 때, 팔짱을 낄 때, 비로소 너와 어울리는 사람이 된 것 같았거든. 우리를 보는 다른 애들의 눈빛에 부러움이 서렸고, 그 눈빛들이 나를 우월하게 만들었어.

나는 매일 거울을 보며 화장을 했어. 머리를 만졌고, 옷을 사고 또 샀지. 그때마다 너는 내가 예뻐 죽겠다는 듯이 날 자랑하곤 했어. 내 사진을 찍어 네 인스타에 올렸지. 누구냐는 댓글에 너는 언제나 똑같은 대답을 했어.

'내 거.'

맞아. 나는 그렇게 점점 네 것이 되어 갔어. 네가 원하는 대로, 네가 좋아하는 대로. 난 그게 좋았어.

내가 네 것이 되어 가는 만큼, 너도 내 것이 되어 갔으니까.

하루는 엄마가 내 방문을 두드렸어. 짧은 치마를 입어도, 화장을 점점 짙게 해도 별말 하지 않던 엄마였지만 더는 참지 못하겠다는 눈치였지. 너와 카톡을 하던 나는 서둘러 폰을 숨겨야 했어.

"딸. 엄마가 간섭하려고 하는 게 아니라 얘기를 좀 해야 할 것 같아서."

"무슨 얘기?"

"요즘 너 너무 심해."

"뭐가?"

"요즘 너, 내 딸 같지가 않아. 그 애가 좋아하는 대로 다 맞추는 게 사랑은 아니야. 널 있는 그대로 좋아해 달라고 해야지. 그 애가 좋다는 대로 널 다 바꿀 순 없어."

엄마 말에 나는 입을 다물었어. 평소의 나였다면 그냥 알겠다고 했을지도 몰라. 하지만 너와 관련된 일이라면 그럴 수 없었어.

"엄마. 날 있는 그대로 좋아해 주는 것도 사랑이지만, 그 애가 좋아하는 대로 날 바꾸는 것도 사랑이야."

"해주야."

"엄마도 갈치구이 별로 안 좋아하면서 아빠가 좋아하니까 굽잖아."

"그거랑 같아?"

"똑같아. 좋아하는 사람이 좋아하는 걸 해 주는 거. 다를 거 없어."

엄마 입에서 작은 한숨 소리가 나왔던 것 같기도 해. 지이잉, 하고 베개 밑에 넣어 둔 폰에서 나를 찾는 알람이 울리기 시작했지. 어쩔 수 없다고 생각했는지, 아니면 더는 설득할 수 없다고 여겼는지는 모르겠어. 엄마는 몇 번을 망설이는가 싶더니 아무 말도 하지 않고 방을 나갔고 나는 다시 폰을 잡았어.

베개 밑에서 애타게 나를 찾던 너를.

9

"저는요. 해록이가 원하는 대로, 해록이한테 전부 다 맞췄어요. 해록이 '것'이 돼야 하니까."

내가 입을 열자 경찰이 다시 수첩에 뭔가를 적기 시작했어. 그게 마치 내 이야기를 들을 준비가 됐다는 것처럼 느껴졌지. 그래서 이야기를 다시 시작했어.

❋

나는 중학교 때 친구들보다 예지와 나연이가 훨씬 좋았어. 그 애들은 뭐랄까, 훨씬 어른스럽고 쿨했어. 왜 그런 거있잖아. 친구들 관계에서도 서로 약간씩 불편함을 감수해서라도 맞춰야 하는 지점들. 그전에는 내가 친구들에게 맞췄는데 이제 더는 맞추지 않아도 됐거든. 그렇다고 이 아이들이 나한테 맞췄다는 건 아니야. 그런 게 아니라 서로에게 맞추지 않아도 될 만큼 서로를 훨씬 잘 이해했다고나 할까. 그 애들은 언제나 '그럴 수도 있다'고 하는 편이었지. 게다가 얼마나 웃음이 많은지, 별거 아닌 일에도 까르르 웃어 대서 나까지 즐거워지곤 했거든.

문제는 너랑 사귀고 난 뒤였어. 네가 치마를 입으라고 하거나 좋아하는 머리 스타일이나 화장법을 말하면 나는 너에게 맞추려고 노력했어. 그게 나쁘다고는 생각하지 않았어.

"그건 좀 아니지 않아?"

너랑 사귄 지 100일쯤 됐을 때, 나연이가 말을 꺼냈어. 아마도 그즈음 나는 너에게 맞추려고 날마다 변하고 있었을 거야. 고데기 다루는 방법을 찾아보고 자연스러운 메이크업을 알아봤지.

"어? 뭐가?"

"데이트하러 가는 건지 인스타 홍보물 찍으러 가는 건지 헷갈려서. 너 지난주에도 옷 사지 않았어?"

"알잖아. 해록이, 같은 옷 입는 거 별로 안 좋아해."

주말에 너랑 만날 때 어떤 옷을 입어야 좋을지 몰라 매일매일이 고민이던 나날이었어. 너는 같은 옷을 입고 만나는 걸 별로 안 좋아했거든. 같은 옷을 입으면 인스타에서 어떤 날인지 구분이 안 된다면서 말이야.

"그렇다고 어떻게 매주 옷을 사냐? 전에 입은 것도 좀 돌려 입고 그러는 거지. 그리고 어떻게 맨날 치마만 입어? 안 불편해? 요즘 와이드 팬츠 진심 예쁜 거 개많아."

"와이드 팬츠는 해록이가 싫어해. 추리닝 같다고."

그러자 예지가 그러는 거야.

"뭔 말만 하면 해록이, 해록이. 네가 좋아하는 건 뭔데? 정해록이 좋아하는 거 말고 네가 좋아하는 거."

"어?"

"네 취향 말이야. 네가 입고 싶은 대로 입는 거지, 뭘 매번 정해록한테 맞추냐. 네가 좋아서 하는 거면 상관없는데 그게 당연해지도록 두지는 마. 네 선의잖아. 그 애가 좋아서 그 애한테 맞추고 싶은, 그 애를 향한 네 마음이잖아. 그게 당연해지면 안 되지. 아무리 좋은 마음이어도 당연해지기 시작하면 볼품없어져."

그 말이 나한테는 이상한 파도처럼 다가왔어. 멀리서 조금씩 조금씩 밀려와 정신을 차려 보면 어느새 내 발끝까지 와 있는 파도처럼, 예지 말이 일주일 내내 머릿속을 맴돌았어. 어느 순간부터 나는 내가 뭘 좋아하는지는 생각해 본 적도 없었거든. 옷을 살 때도 화장을 할 때도 늘 어떻게 하면 네가 더 좋아할까 고민하며 네 스타일에 맞추기 바빴으니까.

그 주에 너랑 만나기로 했을 때, 옷장에서 네가 좋아하는 치마 대신 와이드 팬츠를 꺼내 입었어. 네가 물으면, 내 취향이 이거라고 분명하게 말해 줄 생각이었지. 그런데 너는 내 바지를 보고도 아무 말이 없었어. 그저 힐끗 보고는 평소와 똑같이 굴었지. 우리는 영화를 보고 필라프를 먹었어.

"아, 맞다. 해주야, 나 이따가 애들이랑 약속 있는데."

"무슨 약속?"

그날은 인스타에서 유명한 핫한 카페에 가기로 한 날이었어. 너는 정말 미안하다고 금방이라도 울 듯한 얼굴로 말했지.

"지상이 이 새끼가 여친이랑 헤어졌다잖아. 애가 막 죽으려고 하는데 어쩌냐. 가서 위로라도 해 줘야지."

"아, 진짜? 지상이 사귄 지 얼마 안 되지 않았어?"

"내 말이. 왜 이렇게 빨리 헤어지나 몰라. 이 새끼 뭐 문제 있나 봐."

"에이, 무슨. 알겠어. 그렇게 해, 그럼. 카페는 다음에 가지, 뭐."

우리는 지나치게 서둘러 헤어졌어. 헤어진 뒤에 나는 네 카톡을 기다렸어. 아무리 기다려도 너에게선 톡이 없었고, 결국 내가 먼저 나는 괜찮으니 지상이나 잘 위로해 주라는 톡을 보내야 했어. 하지만 그 뒤로도 너는 연락이 없었지.

평소보다 일찍 집에 온 그날. 나는 그날 내내 네가 내게 예쁘다는 말을 한 번도 하지 않았다는 걸 깨달았어. 평소라면 인스타에 올릴 사진을 찍느라 바빴을 텐데, 그날은 한 번도 찍지 않았다는 것도.

그리고 정확히 두 시간 뒤에 네 인스타가 올라왔어. 함께 가기로 했던 그 카페에 네 친구들과 갔다는 걸 알게 됐지. 섭섭했지만 네가 지상이를 위로해 주러 간다고 했고, 그러느라 카페에 갔을 수도 있겠구나 싶었지. 그래도 나랑 가기로 한 곳인데, 하면서 씁쓸했지만 어쩌겠어. 내가 이해하는 수밖에.

그렇지만 기분이 썩 좋지는 않았어. 혼자 있고 싶지 않아서 친구들에게 연락을 했지. 애들은 기말고사가 끝났는데도 스터디 카페에 간다고 했어.

"벌써 공부 시작해?"

"무슨. 검사검사 놀기도 하고 얼굴도 보고 하는 거지. 너도 올래?"

오랜만에 편한 날이었어. 킥킥대며 웃었고, 떡볶이를 먹었고, 스무디를 마시며 스터디 카페가 있는 거리를 걸었어.

"크, 공부는 역시 핑계로 삼을 때가 최고인 듯."

나연이 말에 예지도 나도 모두 웃음이 터졌어. 그럴 만도 해. 우린 스터디 카페에 자리만 잡고 한 시간도 채 앉아 있지 않았거든. 재미있었어. 너였다면 분명 뭘 했다고 그게 재미있냐고 물었겠지. 예쁜 옷도 입지 않고 핫한 장소도 아니고 그저 동네에 널리고 널린 스터디 카페에서 뭐가 그리 재미있었냐고, 그렇게 물었을 거야.

공부는 하나도 하지 못했어. 조용해야 할 공간에서 속닥이다 결국은 참지 못하고 뛰쳐나왔지. 그때 느끼는 기분은 그저 단순한 행복함과는 달랐어. 해방감이 주는 쾌감이라고 해야 하나, 기쁨이라고 해야 하나.

나연이와 예지 그리고 나는 스무디를 들고 사진을 찍었어. 다들 편안한 옷차림이었지. 트레이닝복에 품이 넓은 반팔을 입고 마스크를 턱에 걸친 우리는, 다시 봐도 재미있고 편했어. 한여름 햇볕이 뜨거워 땀을 뻘뻘 흘리면서도 그게 그렇게 즐거웠어. 어우, 더워 죽겠다 투덜대면서도 우리는 걷고 또 걸었어. 까르르 웃음을 터뜨리면서.

문제는 그 이튿날이었지.

"그 인스타 사진 지우자."

"무슨 사진?"

너는 마치 깜빡한 일이 생각났다는 듯 내 폰을 가져가더니 인스타를 켰어. 폰을 빼앗기고도 나는 도로 달라고 하지도 못했어.

"뭐 해?"

내 친구들과 찍은 사진을 네가 지우려 하는 걸 보고 나는 벌떡 일어나 네 손에 있던 폰을 낚아챘어. 정말이지 당장이라도 폰을 내던질 만큼 화가 났거든.

"왜 네 마음대로 사진을 지워?"

나는 소리쳤고 너는 그러는 나를 태연히 바라봤지. 이런 반응을 예상하기라도 한 듯이 말이야.

"내가 네 인스타 사진 마음대로 지우면 기분 좋겠어? 왜 허락도 없이 사진을 지워?"

"마음에 안 들어서."

"나는 뭐 네 인스타 다 마음에 드는 줄 알아? 그래도 난 네 사진 함부로 안 지워."

"너랑 나는 다르지."

그게 무슨 말인지 지금도 잘 모르겠어. 너랑 내가 다르다는 게 무슨 뜻이었을까? 너는 내 사진을 마음대로 지워도 되지만 난 그러면 안 된다는 뜻이었을까? 아니면, 내가 늘 느꼈던 것처럼 내가 너보다 더 아래에 있다는 뜻이었을까.

"올릴 게 없으면 차라리 올리지 마."

"난 그냥 내 친구들이랑 일상을⋯⋯."

"그러니까 왜 그런 친구들을 만나냐고. 인스타에 올리기도 쪽팔린 애들을."

"뭐?"

나도 모르게 눈썹이 찌푸려졌고, 너는 말실수를 인정한다는 듯 고개를 저었어.

"야, 솔직히 하고 다니는 것도 좀 그렇고 걔들이 정말 너랑 어울리는 애들이라고 생각하냐? 이 사진도 봐. 무슨 중학생들 기말고사 기념사진도 아니고. 누가 이런 걸 올리냐. 안 되겠다. 우리 해주 인스타는 내가 관리해 줘야지. 앞으로 이 오빠한테 검사받고 올려."

내 뒤통수를 쓰다듬으며 네가 말했어. 마치 네가 내 인스타에 마음대로 들어가 허락도 없이 사진을 올리거나 지우는 걸 당연히 고마워해야 한다는 듯이.

"왜 마음대로⋯⋯."

"해주야."

너는 내 말을 끊고 가만히 나를 바라보았어. 그전에는 나를 한 번도 그렇게 본 적이 없었어. 그 눈빛은 뭐랄까, 꼭 어린아이를 다그치는 눈빛이었어.

"네 친구들 말 듣지 마. 걔네가 뭐라고 하든 신경 쓰지 말라고."

"무슨 소릴 하는 거야?"

"너 주말에 이상한 바지 입고 왔잖아. 그거 네 친구들이 뭐라고 해서 그렇게 입은 거 맞지?"

너는 모든 걸 다 알고 있다는 듯, 이렇게 덧붙였어.

"모르려고 해도 모를 수가 있어야지. 그 사진 보니 네 친구들 다 그렇게 입고 있던데."

"그게 아니라……."

"이런 일 흔해. 여자애들 질투 때문에 그러는 거."

"어?"

"부러우니까 괜히 뭐라고 트집 잡으면서 사이 멀어지게 만드는 애들, 많이 봤다고. 그것 때문에 헤어진 애들도 있어. 친구 말에 팔랑이는 여친, 좀 별로잖아."

네 입에서 '헤어졌다'는 말이 나왔을 때, 가슴이 철렁 내려앉는 기분이었어.

"네 친구들, 내 얘기 안 좋게 하지?"

"아, 아니."

"아니긴."

너는 피식 웃으며 집게손가락으로 내 이마를 톡톡 치며 말했어.

"진짜로 널 위해서 그렇게 말하는 건지 아니면 우리 사이를 멀어지게 하려고 그러는 건지 잘 생각해 봐."

어느새 나는 아무 대꾸도 하지 못하고 네 앞에 서 있었어. 너는 그런 내 손을 잡아끌었지. 내가 있어야 할 곳은 오로지 네 곁뿐이라는 것처럼 말이야.

"다른 사람 이야기 듣지 마. 나만 믿고, 내 말만 들어. 그러면 돼."

10

"해록이가 말하면 저는 그대로 했어요. 해록이가 원하는 대로."

경찰의 표정이 아까와는 달라졌어. 날 의심으로만 대하던 조금 전과 달리 내 이야기에 귀를 쫑긋 세우고 집중하고 있다는 게 느껴졌지.

"왜…… 그렇게 해록이 말을 따른 거야?"

"저도 모르겠어요. 그냥 해록이 말이 다 맞는 것 같았거든요. 친구들이 우리 사이를 질투하는 거라고 그랬을 때, 처음에는 안 믿었어요. 친구들이 뭐 하러 우릴 질투할까 싶었거든요. 근데 한 번, 두 번, 해록이가 몇 번을 더 말하니까 진짜로 그렇게 느껴졌어요."

맞아. 네가 무슨 말을 하면 언제나 나라는 존재에 금이 갔어. 한번 실금이 생기고 나면 시간이 흐를수록 쩌억쩌억 하고 점점 더 금이 깊어지는 거야. 그러다가 정신을 차리고 보면 어느새 나는 깨지고 산산이 부서져서 아무것도 남아 있지 않았어. 그렇게 수십 번, 수백 번을 더 깨졌고 나에게는 오롯이 너만 남았어.

"그 뒤로는 친구들이 불편하더라고요. 무슨 말을 해도 우릴 질투하는 것처럼 느껴지고 우릴 멀어지게 만들려고 하는 것 같았어요."

"해록이가 너랑 네 친구들 사이를 멀어지게 만들었다는 거야?"

경찰의 물음에 나는 대답 대신 한숨을 내쉬었어. 분명 나연이와 예지를 멀어지게 만든 건 나였는데, 그 애들의 말이 거짓처럼 느껴지고 함께 있어도 더는 즐겁지 않아서 거리를 둔 거였는데, 어째서인지 경찰의 말처럼 네가 친구들을 떼어 놓은 것만 같았어.

"어느 순간부터 친구는 없었어요. 그래도 상관없었어요. 해록이는 친구가 많았거든요. 해록이 옆에만 있으면 심심하거나 외로울 틈도 없이 언제나 사람들이 곁에 있었으니까요."

사실은 내가 아니라 네 곁에 있던 사람들인데 내가 착각을 한 거지. 내 옆에도 많은 사람이 있는 것처럼.

"해록이가 시키는 대로 하면 다들 좋아했어요. 예쁘다 그러고 인스타 팔로어도 두 배 넘게 늘었어요. 해록이가 예쁘다고 하는 사진은 다른 사람들도 다 좋아했거든요. 해록이랑 있으면 그냥 가만히 있어도 인싸가 됐어요. 사람들의 시선을 받고 부러움도 받고."

"그렇게 사이가 좋았다면서 어쩌다가 싸우게 된 거야? 해록이가 시키는 대로 하는 게 잘못됐다는 사실을 깨달은 거니?"

왜 그런 말을 했는지 모르겠어. 하지만 분명한 건, 경찰이 정말로 그렇게 말했다는 거야. 네가 시키는 대로 하는 게 '잘못된' 거라고.

"아니요. 처음엔 좋았어요. 별로 싸운 적도 없고······."

나는 말을 다 끝맺지 못한 채 얼버무렸고, 경찰은 다 알고 있기라도 한 듯 소파에 등을 기대고 나를 빤히 바라보았어. 그러자 문득 겁이 나더라고.

뭘 얼마나 알고 있는 걸까. 도대체 뭘 알고 있길래 저런 표정을 짓는 걸까.

※

"야, 너는 왜 쟤들이랑 노냐?"

채호가 그렇게 말했을 때, 기분이 이상했어. 내 친구들을 그렇게 표현해서 기분이 나빠야 하는데 그렇지 않았거든. 나연이와 예지가 나랑은 어울리지 않는 친구라는 생각이 들었어. 어느 순간부터 조금씩 그 애들과 거리를 두고 있었는데, 채호까지 그렇게 말하니 내가 왜 그 애들과 같이 노는지 나 스스로도 의아한 생각이 들더라고.

"진짜 궁금해서 묻는 거야, 진짜로."

"뭐가 또."

"아니 그렇잖아. 솔직히 최나연, 강예지, 이런 애들은 너랑 급이 다르잖아."

"에이, 무슨."

그 말에 기분이 나빴어야 하는데, 누가 누구의 급을 나누는 거냐고, 아무리 장난이라도 선은 넘지 말라고 했어야 하는데 그러지 못했어. 내가 친구들보다 훨씬 급이 높다는 말이, 그 말이 묘하게도 나를 기분 좋게 만들었거든. 나는 가만히 웃었고, 채호는 그 뒤로도 종종 그런 말을 했어. 내가 그 애들과 어울릴 급이 아니라고 말이야.

그게 문제였어. 언제부터인지 나도 모르게 같은 생각을 하게 됐어. 나연이와 예지가 옷을 편안하게 입고 나오면 나도 사진을 찍지 않았어. 어쩌다 사진을 찍어도 절대로 내 인스타에는 올리지 않았지. 아마 그 애들도 다 알았을 거야. 내가 거리를 두고 있다는 걸.

"해주 요즘 너무 예뻐지지 않았냐?"

채호가 뜬금없이 다가와 장난을 걸었어. 걔가 그렇게 장난을 거는 게 하루 이틀 일도 아니고, 칭찬이든 욕이든 별생각 없이 하는 애니까 나도 별로 신경 쓰지 않았어.

"해록아, 그렇지 않냐? 네 여친 처음에는 좀 뭐랄까, 급이 좀 떨어졌었다고나 할까."

"닥쳐, 새끼야."

너 역시 별로 대수롭지 않은 눈치였지.

"사랑받으면 예뻐진다더니. 해주가 우리 해록이랑 만나면서 부쩍 물이 올라서 급이 아주 여기까지, 여기까지 올라왔는데."

채호가 손을 이마에 가져다 대며 말했어. 나는 그저 피식 웃고 말았지. 기분이 나쁘진 않았거든.

"가만있어 봐. 해주 정도면 이제 여신이지. 그래, 이제 여신으로 쳐줄 때가 됐어. 인스타도 봐 봐. 그 정도면 여신이지. 저기 급 떨어지는 친구들이 조금 있긴 하지만."

채호는 나연이와 예지도 꾸미면 여신이 될 거라는 둥, 어쨌다는 둥, 시답잖은 농담을 해 댔어.

그때 누군가 채호의 말을 가로막았지.

"미안하네. 급이 달라서."

나연이였어. 예지도 함께였는데, 다 들었는지 이미 화가 날 대로 나 있는 상태였어.

"오우－ 쏴리. 야, 너네 어디 있었어? 아까는 분명 없었는데. 청력이 너무 좋은 거 아니야?"

"우리 들으라고 한 말이잖아."

"왓? 노우－ 완전 아닌데."

채호가 고개를 저었고 나연이는 기가 막히다는 듯 코웃음을 쳤어. 예지는 팔짱을 낀 채 숨을 깊이 들이마시고 있었지.

"들으라고 한 말도 아닌데, 급이 다른 우리가 들어서 기분 나쁘겠다?"

"아니 전혀. 귀가 뚫려 있으니까 들을 수도 있지. 신경 쓰지 마."

너도 알겠지만 채호가 본래 그렇게 악의 있는 애는 아니잖아. 하지만 나연이나 예지는 그걸 알 리가 없지. 나도 알아. 내 친구들이 그 말 한마디 때문에 그렇게 화가 난 건 아니라는걸. 아마 꽤나 오랫동안 몇 번이나 참고 또 참았을 거야. 그러다가 그날, 펑 터져 버린 거겠지.

"어떻게 신경을 안 써, 우리더러 급이 떨어진다고 대놓고 말하는데. 근데 우리한테 급 매기는 너네는 급이 꽤 높으신가 봐? 그 개 같은 급은 어디서 매기는데?"

아무래도 내가 나서야 할 것 같았어. 분위기가 살벌했는데 채호가 그걸 알아차릴 리 만무했으니까.

"얘들아. 채호는 그런 뜻으로 한 말이 아니라……."

"야, 김해주. 너도 웃긴다. 쟤가 우리한테 그런 말을 하면 나한테 오해라고 할 게 아니라, 네가 먼저 나서서 그만하라고 해야 하는 거 아니야? 네 잘난 남친이랑 친구들은 우릴 그렇게 표현해도 된다는 거야?"

"아, 아니. 그런 뜻이 아니라."

"아니면 뭔데?"

옆에서 가만히 듣고 있던 예지가 물었어. 예지는 나연이보다 훨씬 차분했고, 그래서 더 무서웠어.

"예지야."

"우린 너한테 놀아 달라고 매달린 적 한 번도 없어. 넌 우릴 고작 약속이 취소되면 만나는 친구 정도로 생각했는지 모르겠지만 우린 그런 적 없다고."

"이제 그만 좀 하지?"

듣다 못한 네가 낮은 목소리로 경고하듯 말했어. 하지만 예지는 네 경고가 작은 고양이가 아르렁 대는 정도밖에 안 된다는 듯 신경 쓰지 않았어. 이제 예지의 타깃은 내가 아니라 너로 바뀌었어.

"너나 그만해. 해주 불쌍하게 만드는 거 그만두라고."

"뭐?"

"너 때문에 맨날 어쩔 줄 몰라 하는 거 불쌍해 죽겠어. 뭘 하면 네가 좋아할까 하루 종일 전전긍긍하는 게 불쌍하다고. 버려질까 봐 깽깽거리고 눈치 보는 개처럼."

"너 말 다 했냐?"

네가 자리에서 일어났고, 지상이가 네 어깨를 잡고 말렸어. 예지는 여전히 표정 하나 변하지 않고 널 뚫어져라 쏘아보았지.

"어. 말 다 했다, 왜."

"강예지, 봐주는 것도 한두 번이야."

"봐주긴 누굴 봐주는데? 그리고 네가 안 봐주면 뭐 어쩔 건데?"

"야!"

네가 책상을 신경질적으로 발로 차자 책상이 요란한 소리를 내며 넘어졌어. 네가 그렇게 화내는 걸 본 건 그날이 처음이었어. 너는 바지 주머니에 손을 넣고 있었는데 나는 그게 공격적으로 느껴져서 더 무서웠어. 하지만 예지는 오히려 우습다는 듯 한쪽 입꼬리만 올린 채 웃고 있었지.

"개 버릇 남 못 준다더니, 너 여전하다?"

"저게 돌았나, 진짜."

"네, 돌았으니 입 닥치고 빠져 줄 테니까 사람 없는 데서 뒤돌려 까기 그만하고 둘이 천년만년 잘 사귀세요. 인형 놀이나 재미있게 하시면서."

예지는 마지막으로 너와 나를 바라보고는 뒤돌아 갔고, 눈치 없는 채호만 엄지를 치켜들며 감탄했어.

"와우−."

너는 화가 풀리지 않은 듯 욕을 내뱉더니 교실 밖으로 나갔고. 나는 뭘 어떻게 해야 할지 몰라 벙쪄 있었어. 근데 기분이 이상한 거야. 예지와 나연이가 그렇게 가 버렸으니까, 친구를 잃었으니까 허탈해야 하잖아. 근데 그렇지 않았어. 뭐라고 표현할 수 없는 찜찜함이 옷에 붙은 껌마냥 대롱대롱 매달려 있었어.

그때 그 찜찜함을 바로 알아차렸더라면 좋았을 텐데. 그

걸 깨달은 건 며칠이 지나고 나서였지.

나연이, 예지와는 그날 이후로 멀어졌어. 너는 차라리 잘됐다고 했지. 그런 수준 떨어지는 찌질한 애들은 애초에 나와 어울리지 않았다면서. 손절했으면 했는데 이참에 잘 됐다고. 네가 그렇게 말하는 바람에 나는 친구들에게 미안 하다는 말도 제대로 못 했어. 이대로 멀어져도 어쩔 수 없 다는 생각이 들었지만, 그래도 그렇게는 아닌 것 같아서 며칠 뒤에 나연이와 예지에게 사과를 했어.

"마음에 없는 사과 같은 거 하지 마. 네가 우리 쪽팔려 하는 거 알고 있어."

"그런 적 없어. 진짜야."

"우리랑 찍은 사진 인스타에서 지웠더라?"

"그건……."

"우리랑 있다가도 정해록한테 연락 오면 달려가고, 우 리랑 한 약속은 개똥 취급도 안 했잖아."

"나연아, 그건……."

"그래. 그건 아무 상관 없어. 우리도 네가 일 순위는 아 니거든. 그렇다고 우리가 네 시간 때워 주는 사람들은 아 니잖아?"

나연이의 말은 날카로운 칼날 같아서, 조금이라도 다가 가면 금방 베여 버릴 것 같았어. 그 칼날을 내가 갈게 한 거나 다름없다는 걸 알고 있었기 때문에 아무 말도 못 했지.

　그때 옆에서 팔짱을 끼고 날 쳐다보던 예지가 이런 말을 하는 거야.

　"정해록이 우리랑 놀지 말라고 그러지? 너랑 안 어울린다고."

　"……어?"

　예지는 모든 걸 알고 있다는 말투였어. 내가 아니라고 해 봐야 아무 소용 없겠더라고.

　"역겹네, 진짜. 야, 김해주. 넌 아무렇지도 않아? 사람을 급으로 나눠서 얘는 놀아도 되고 쟤는 놀면 안 되고 하는 거, 진짜 쪽팔리고 구역질 나는 짓 아니야?"

　예지 말에 아니라고 말할 수 없었어. 그게 잘못됐다는 걸 나도 알고 있었으니까. 근데 어째서 네가 그렇게 말하는 건 괜찮다고 생각했을까. 아무 대답도 하지 못하는 나를 나연이와 예지가 한심하게 바라봤어.

　"지들은 도대체 얼마나 대단하길래. 존나 웃기네, 진짜."

　그렇게 둘은 내게서 멀어졌고, 나는 다시 너에게로 가야 했어. 어쩌면 인생 친구가 되었을지도 모를 애들을 놓치면서 씁쓸했지만 괜찮았어. 나한테는 네가 있으니까. 내 첫사랑이자 전부인 네가.

맞아. 너는 어느 순간부터 내 전부가 되었어. 너를 잃는 건 내 전부를 잃는 거였어. 그러니 네가 흔들리는 모습을 봤을 때, 내가 얼마나 두려웠을지 짐작이 가?

이틀 뒤, 온 교실이 웅성거리던 날 기억나?

방송부였던 예지가 학교 행사 때문에 사복을 입고 온 날이었어. 그래, 그날 우리 반 전체가 떠들썩했지. 예지는 정말 내가 아는 예지가 맞는지 헷갈릴 만큼 예뻤어. 평소 예지는 안경을 쓰고 머리를 대충 하나로 질끈 묶고 다녔잖아. 교복을 입는 날도 손에 꼽을 정도였어. 옷도 생활복이나 체육복만 입었지.

유튜브를 보면 페이스오프나 다름없는 메이크업 영상들이 있거든. 전후가 달라서 이렇게 화장만 할 수 있으면 나도 예뻐지겠다는 기대감으로 수십 번도 더 보며 따라 해봤어. 근데 아무리 따라 해도 나는 그 유튜버들처럼 변하지 않더라고. 하지만 예지는 달랐어. 안경을 벗어서인지, 아니면 예지도 그런 유튜버들처럼 금손인지, 그것도 아니면 원래 예지의 모습이 그런지는 모르겠어.

아무튼 그날 예지는 꼭 연예인처럼 보였어. 늘 와이드

팬츠나 트레이닝복에 품이 넓은 티셔츠만 입던 예지가, 그날은 몸매가 드러나는 크롭 길이의 새하얀 반팔 티에 짧은 회색 플리츠 스커트를 입고 있었어. 반묶음 머리에는 웨이브가 들어가 있었는데, 꼭 디즈니 애니메이션에 나오는 공주처럼 보였어. 섀도로 음영을 넣은 화장은 진하지 않으면서도 예지를 코럴빛으로 물든 꽃잎처럼 만들어 줬어. 얼마나 극적으로 예뻐졌던지 온주는 보이지도 않더라고.

모두 놀란 눈치였어. 우리 반 애들 전부가 예지에게서 눈을 떼지 못했는데, 예지는 그런 반응을 예상한 것처럼 아무렇지도 않아 보였어. 나 역시 넋이 나간 채로 예지를 보고 있었어. 내 시선을 의식했는지 예지가 나를 바라봤어. 그러고는 가까이 걸어왔지.

"쌤 오면 나 방송실 행사 갔다고 말 좀 해 줄래?"

"어? 아, 응."

예지가 말을 건 사람은 내가 아니라 채호였어. 그 많은 아이들을 제쳐 두고, 나연이도 나도 아니고 하물며 반장도 아닌 채호에게 말이야. 알 것 같았어. 사신에게 급을 따지며 어쨌니 저쨌니 말하던 채호에게 확실히 보여 주고 싶었겠지. 내 '급'은 이 정도라고, 그러니까 잘 봐 두라고.

"고맙다."

예지가 씽긋 웃고 돌아서자 나연이가 픔, 하고 웃음을 터뜨렸어. 어쩌면 처음부터 그럴 작정으로 꾸미고 왔는지도 모르겠어. 예지가 자리에서 파일을 꺼내 다시 교실 밖으로 나갈 때까지 채 3분도 걸리지 않았는데, 그 3분이 온종일 아이들의 입에서 예지 이름만 나오게 만들었어.

"와, 뭐야 방금. 존예 여신이 왔다 간 거 같은데."

채호가 입을 벌리고 말했어. 그제야 나는 너 역시 예지가 사라진 쪽을 여전히 바라보고 있다는 걸 알아차렸어. 불안함과 두려움으로 심장이 쿵쿵 뛰기 시작했지. 네가 사라진 예지의 흔적을 좇으며 교실 문을 바라보는 그 눈빛이, 학기 초에 나를 바라보던 눈빛과 똑같았으니까.

그날 수업 시간 내내 너는 생각이 많아 보였어. 그러곤 1교시가 끝나기 무섭게 서둘러 교실 밖으로 나갔지. 내가 불렀는데도 알아차리지 못했어. 쉬는 시간이 되자, 아침에 예지를 보지 못한 아이들 입에서까지 예지 이름이 오르내렸어. 그중에서도 채호가 제일 흥분한 것처럼 보였지.

"야, 클래스는 영원하다."

"뭔 소리야?"

"아침에 못 봤냐? 나 진짜 강예지한테 고백할까? 존나 멋있잖아. 옛날에 해록이랑 사귈 때도 개쩔었……, 으악!"

아파. 왜 치고 지랄이야?"

채호가 옆구리에 손을 가져다 대며 짜증스런 목소리로 말했어. 옆구리를 찌른 지상이를 노려보는 것도 잊지 않았지.

그거 알아? 말은 한번 내뱉으면 다시는 주워 담을 수 없다는 거. 왜인 줄 알아? 말은 다른 사람 귀에 들어간 순간 저장이 돼 버리거든. 그러면 다신 나오지 않지. 그러니까 아무리 주워 담으려고 해 봐야 아무것도 주워 담을 수 없는 거지. 이미 그 말을 들은 사람의 뇌리에 깊숙이 박혔으니까.

"입 닥쳐."

"아, 왜!"

지상이와 민규가 서둘러 눈치를 보냈어. 딱딱하게 굳은 내 얼굴을 좀 보라는 듯이 말이야. 그제야 내가 왜 그토록 찝찝했는지, 왜 그토록 불안했는지 알겠더라고. 예지의 그 말 때문이었어.

'개 버릇 남 못 준다더니, 너 여전하다?'

'너 여전하다?'

여전하다…….

여전하다는 말은 예전에 알고 지낸 사람한테나 쓰는 말이잖아. 그걸 이제야 눈치챈 거야. 채호의 눈은 금방이라도 튀어나올 듯 커졌고 나는 혀끝부터 느껴지는 쓴맛을 참아 내려고 입을 다물었어.

"어휴, 저 멍청이."

지상이가 속이 터진다는 듯 채호를 향해 눈을 흘기고는 너를 따라 나갔어.

"괜찮아. 알고 있어."

나는 최대한 아무렇지도 않은 척 말했어. 내 말에 채호는 안심하는 눈치였지.

"그치? 너도 알고 있지? 강예지랑 해록이랑 중딩 때 사귄 거."

채호는 내가 궁금해하지도 않는 이야기를 늘어놓았어. 내가 다 알고 있다고 했으니 안심했겠지.

채호 입에서 나온 말들이 내 머릿속에 들어와 너와 예지의 시간을 상상하게 만들었어. 한때 예지도 나처럼 단발 머리를 하고 렌즈를 끼며 수시로 거울을 들여다봤을까. 네 마음에 들기 위해 매일같이 노력했을까.

'네가 좋아하는 건 뭔데? 정해록이 좋아하는 거 말고 네가 좋아하는 거.'

'네가 좋아서 하는 거면 상관없는데 그게 당연해지도록 두지는 마. 네 선의잖아. 그 애가 좋아서 그 애한테 맞추고 싶은, 그 애를 향한 네 마음이잖아. 그게 당연해지면 안 되지. 아무리 좋은 마음이어도 당연해지기 시작하면 볼품없어져.'

그래, 이제야 알겠더라. 예지가 했던 말들, 왠지 다 안다는 듯 어른들처럼 말하던 말투. 이제야 퍼즐이 딱 맞춰진 거지.

나는 네가 사라진 교실 문을 바라보며 허탈하게 웃었어. 예지는 왜 너랑 사귄 사실을 나한테 숨긴 걸까? 너랑 사귀면서 좋아 죽는 날 보며 얼마나 우스웠을까. 그리고 너 역시…….

내 인스타에 예지 사진을 올린 날, '좋아요'가 어쩌고, 관리가 어쩌고 하면서 그렇게 사진을 지우라고 한 이유가 그 때문이었을지도 모른다는 생각이 스치자 배신감이 온몸을 휘감았어. 어떻게 나한테 아무도 그 사실을 말해 주지 않을 수가 있지?

거기까지 생각하니 화가 나더라고. 네가 미워지고 짜증이 났어. 그러다가 이내, 고개를 저었어. 그래, 나랑 예지가 절대 같을 리 없지. 중학교 때 사귄 게 지금이랑 같겠어?

맞아. 네가 그랬잖아. 나는 다른 여자애들이랑은 다르다고. 그 많은 아이들 속에서 오로지 나만 눈에 들어왔다고.

그래서 그렇게 날 봤던 거라고. 학기 초에 네가 날 바라보던 눈빛을 여전히 기억하고 있…….

순간, 심장이 덜컥 내려앉는 기분이 들었어. 가슴이 서늘하고 등골이 오싹해졌지. 그제야 번뜩 정신이 난 거야. 학기 초, 아무도 서로를 잘 알지 못하던 날부터 네가 날 바라본 이유를 알게 됐거든.

'정해록이 해주한테 관심 있나 보지.'

학기 초에 예지가 무심코 던졌던 그 말. 그때 예지 얼굴에 떠오른 귀찮아 죽겠다는 표정. 그건 질투가 아니었어.

이제 알겠어. 네 눈빛은 처음부터 나를 향한 게 아니었다는 걸. 너는 내가 아니라 예지를 보고 있었던 거야. 내 앞자리에 앉아 있던 예지를.

11

2교시가 끝나자 예지가 다시 교실로 돌아왔어. 생활복으로 갈아입고 머리를 질끈 묶은 채였지. 나는 점점 더 초조해졌어. 네가 예지를 계속 보고 있었으니까.

나에게 향했던 눈빛이 처음부터 내가 아니라 예지에게 향했던 것일지도 모른다는 생각이 든 순간, 머릿속이 하얘졌어. 너를 잃을지도 모른다는 두려움이 온몸을 지배했거든. 화가 났어. 나를 속이고 아무것도 말하지 않은 너와 예지에게. 그리고 너무 늦게 알아 버린 나 자신에게.

점심시간이었을 거야. 복도에서 네가 예지를 따라가는 걸 봤어. 인내심이 끊어지는 소리가 들렸어.

"야!"

내가 소리치자 예지와 나연이가 동시에 돌아보았어. 너는 내 목소리를 듣고 예지 곁을 지나쳐 가 버렸지. 이미 나는 거의 반쯤 눈이 돌아서 아무것도 보이지도, 들리지도 않았어.

"얘기 좀 해."

예지에게 말하면서도 내 눈은 네 뒤통수가 사라질 때까지 널 좇고 있었어.

"왜 속였어?"

"무슨 말이야?"

"해록이랑 너랑 사귀었다며. 근데 왜 속였냐고, 왜!"

일부러 더 큰 소리로 말했어. 네가 듣길 바라면서.

"무슨 말인가 했네. 내가 뭘 속였는데? 난 한 번도 속인 적 없는데."

"말 안 한 게 속인 거지. 내가 해록이랑 사귀는 거 뻔히 알면서 왜 말 안 했어?"

나연이가 어이가 없다는 듯 코웃음을 치며 나를 보았어. 예지는 특유의 무표정한 얼굴로 팔짱을 꼈지.

"그걸 왜 나한테 따져? 잘난 네 남친한테 물어보지."

"장난해? 넌 내 친구였잖아."

"친구였잖아? 하, 그래서? 친구면 내가 사귀었던 애들

다 말해야 하는 거야? 뭐, 나 초딩 때 사귄 애들부터 말해 줘? 아니다. 유치원 때 좋아했던 애부터 말해야겠구나. 혹시 네가 나중에라도 내 유치원 썸남이랑 사귈지 모르니까."

예지가 잔뜩 비꼬고 있는 게 그 특유의 무심한 표정에서 드러났어. 화가 머리끝까지 나더라. 너에 대한 실망감과 운명처럼 느껴졌던 우리 사랑에 대한 분노가 모두 예지를 향했지.

"내가 장난하는 걸로 보여?"

"뭐가 문젠지 모르겠네. 나랑 정해록이랑 사귀었으면 뭐, 헤어질 거야?"

"미쳤어? 내가 왜 헤어져. 너랑 손절하면 했지."

"그럼 됐네. 정해록이랑 헤어질 거 아니고, 나랑은 이미 손절했잖아. 너랑 나는 이제 친구도 뭣도 아니거든."

생각해 보면 예지는 늘 너랑 나 사이를 불편해했어. 내가 예뻐지는 걸 보면서 왜 정해록 취향에 맞추는 거냐고 핀잔을 줬지. 다른 애들은 다 내가 예뻐졌다고 칭찬하는데도 말이야. 다른 애들이 너와 내가 잘 어울리는 커플이라고 하면 예지는 눈썹을 찡그렸어. 네가 여자 친구를 과시용으로, 보여 주기식 존재로 만드는 것 같지 않냐고 나를 흔드는 말을 자주 했지. 그날 나는 몇 번이고 마음속으로 되새겼어. 지금 너와 어울리는 사람은 예지가 아니라 바로 나라고.

※

"해주야?"

경찰이 테이블을 두드리며 내 이름을 불렀어. 예지를 생각하니 너무 화가 나서 나도 모르게 경찰을 잊고 있었던 거야. 다시 정신을 차린 나는 괜찮다는 의미로 고개를 끄덕였어.

"헤어질 생각은 안 해 봤어?"

"네."

"어째서? 여자 친구를 그런 식으로 대하는 게 잘못됐다는 걸 너도 알잖아."

"상관없어요. 뭐가 됐든 해록이랑 헤어지는 것보다는 나으니까."

경찰은 내 말에 아무런 대꾸도 하지 않았어. 어쩐지 혼란스러워 보였지. 두 손으로 이마를 짚거나 마른세수를 하기도 했어. 한참을 아무 말이 없던 경찰이 조심스레 입을 열었어.

"오해하지 말고 들었으면 좋겠다. 한 가지 확실히 해 둬야 할 것 같아서 묻는 거야. 너 혹시 데이트 폭력이 어떤 건지 알아?"

나는 경찰이 무슨 의도로 그런 질문을 하는지 대번에 알 수 있었어. 네가 그 말을 들었다면 바로 욕을 내뱉고 화를 냈을 거야.

"해록이가 절 때리거나 그런 적은 한 번도 없어요. 욕도 다른 애들 앞에서는 해도 제 앞에서는 잘 안 했으니까요."

아주 잠깐이긴 했지만 경찰이 눈을 질끈 감았다 뜨는 게 보였어. 조금 지쳐 보였지. 경찰은 쓰읍, 하고 숨을 들이마시더니 입술에 침을 발랐어. 그러곤 다시 물었어.

"정신적 학대가 뭔지는 알지?"

경찰의 말이 무슨 뜻인지 몰라 당황하다, 이내 손을 내저었어. 경찰이 뭔가 단단히 오해를 하고 있었거든.

"무슨 말씀 하시려는지 아는데요, 그런 거 아니에요."

만약 경찰 말처럼 정말로 네가 날 정신적으로 학대했다면 어떻게 내가 네 진심을 느꼈겠어?

너는 내가 배가 아프다고 하면 제일 먼저 약을 받아 오고, 춥다고 하면 주저 없이 옷을 벗어 주는 애였어. 오늘은 왜 이리 덥냐고 한마디 툭 던졌을 뿐인데, 너는 어디선가

종이를 구해 와 부채질을 해 줬어. 여름이 되기 전까지 네 가방에는 휴대용 선풍기와 바람막이가 항상 들어 있었어. 그런 걸 왜 들고 다니냐는 친구의 물음에 너는 밝게 웃으며 "해주가 언제 더워하거나 추워할지 모르니까."라고 대답했지.

그런 게 진심이 아니면 뭐겠어? 눈만 마주쳐도 네가 날 좋아하는 게 느껴졌는데, 네 생각만 해도 몸서리치게 기뻤는데, 그게 사랑이 아니면 뭐겠어?

나는 알아. 네가 지금은 나라는 존재를 너무도 당연하게 느껴서 조금, 아주 조금 지쳤을 뿐이라는 거. 네가 나한테 준 사랑은 진심이라는 거. 결국엔 내게 다시 돌아올 거라는 거.

"해록이가 억지로 시켜서 그런 게 아니라, 제가 좋아서 자의로 해록이한테 맞춘 거예요."

그러자 경찰 입에서 "아……." 하고 탄식에 가까운 소리가 터졌어. 경찰은 어떻게 말을 꺼내면 좋을까 잠시 망설이는 듯했어.

그러는 경찰을 계속 바라보는데 기분이 좀 이상했어. 홀가분하다고 해야 하나 쓸쓸하다고 해야 하나. 그동안 다른 사람한테 한 번도 네 이야기를 한 적이 없다는 걸 깨달았거든. 생각해 보니까 안 한 게 아니라 할 사람이 없어서 못한 거였어. 엄마 아빠에게 이야기할 수도 없었고, 친구들과는 이미 멀어졌으니까. 내 주변에는 네 친구들뿐이었고. 어쩌면 나는 그동안 너와 내 이야기를 누군가에게 하고 싶었는지도 모르겠어.

나는 한 번도 네가 나한테 준 그런 사랑을 받아 본 적이 없었어. 네 사랑은 나를 세상에서 가장 행복한 사람으로 만들었어. 네가 예쁘다고 해 주면 나는 세상에서 가장 예쁜 사람이 되었고, 네가 손을 잡아 주면 나는 세상에서 가장 따뜻한 사랑을 받는 사람이 되었어. 내가 사랑받고 있다는 걸 느끼는 게 그렇게 설레고 기쁜 일인지, 너를 통해 알게 됐어.

그래서 그랬나 봐. 네 사랑이 식을까 봐 나는 늘 두려웠던 거야. 우리가 싸울 때마다 너는 늘 내 탓을 했어. 싸움의 원인은 언제나 나였지. 사과는 내 몫이었고 그때마다 너는 같은 말을 했어.

"솔직히 나니까 너 좋아해 주지, 누가 널 좋아하겠냐? 너같이 예민하고 짜증 많은 애를 누가 견뎌."

네 말이 맞아.

누가 날 좋아해 주겠어? 네가 아니면 누가 날 그만큼 사랑해 주겠어?

나는 언제나 네가 필요해.

너를 향한 내 마음을 되새기고 있을 때, 경찰이 생각 정리가 끝난 사람처럼, 어떤 결심을 한 사람처럼 입을 앙다물더니 다시 물었어.

"해주야. 내가 아무리 경찰이지만 미성년자인 너 혼자 있는 집에 아무 절차도 없이 불쑥 찾아왔을까?"

"무슨 말을 하는 거예요?"

"너희 부모님을 벌써 만났다는 뜻이야."

나도 모르게 표정이 굳어졌어. 나는 경찰을 처음 봤을 때처럼 다시 경계했어.

"해록이와 만난 뒤로 네가 많이 변했다고 하시더라."

경찰이 수첩을 자기 허벅지 위에 올려놓았어. 수첩은 여전히 덮여 있었고 나는 거기에 무슨 말이 적혀 있는지 궁금했어.

"부모님이 많이 걱정하고 계셔. 그러니까 사실대로 말해 주면 좋겠어. 저수지에 가자고 한 사람이 누구니?"

"저요."

"네가 해록이한테 저수지로 같이 가자고 했다고?"

"네."

"저수지에 다녀온 뒤 해록이가 실종됐다는 걸 알고 있었니?"

"아니요."

"그럼 어째서 한 번도 연락을 안 해 본 거야?"

"해록이가…… 싫어하니까요."

"싫어한다고?"

"먼저 연락하는 거, 별로 안 좋아했어요."

네가 나에게 화를 낼 때 그러던 것처럼 나도 모르게 눈을 내리깔았어. 꼭 어디에서 네가 버럭 소리를 지를 것 같았거든.

'짜증 나니까 제발 좀 연락하지 마. 내가 먼저 연락하기 전까지는 디엠이고 카톡이고 아무것도 하지 말라고!'

"사귀는 사이였다면서 연락도 먼저 못 했다는 거니?"

경찰은 이해되지 않는다는 듯 눈썹을 찌푸렸어. 나는 그저 고개를 끄덕였지.

"너 해록이가 정말 실종됐다고 생각해?"

다시 시작된 도돌이표 질문이 날 짜증 나게 만들었어. 저절로 얼굴이 찌푸려졌지.

"도대체 무슨 말을 하고 싶은 건데요? 아줌마는 정말 제가 해록이를 저수지에 빠뜨려 죽이기라도 했다고 생각하세요? 그게 가능하다고 보세요?"

나도 모르게 소리를 질렀어. 성질이 났어. 계속 저수지 저수지 하면서, 마치 내가 무슨 범죄자라도 되는 듯 구는 모습이 역겨웠거든. 내가 뭘 어쨌다는 거야?

"하나만 묻자."

"……"

"넌 왜 그렇게 해록이한테 집착하는 거니?"

12

침묵이 가라앉았어. 왜 사람들이 침묵을 무겁다고 표현하는지 알 것 같았지. 보이지도 않는 그 침묵이라는 게 얼마나 무거운지, 어깨를 짓누르고 머리를 짓밟고는 숨통까지 조여 오더라고. 침묵이 더 이어지면 숨이 막혀 죽을 것만 같을 때쯤 경찰이 먼저 입을 열었어.

"솔직하게 말하면 돼. 네가 해록이에게 그렇게까지 집착하는 이유. 어른이 개입해야 할 정도로 심각한 일이 있었냐고 묻는 거야."

"……."

"해주야. 말해, 괜찮아. 부모님이 널 얼마나 걱정하고 계신지 아니?"

"하."

나는 한숨에 가까운 소리를 내뱉었어.

너도 알지? 우리 엄마 아빠.

난 거의 언제나 혼자였어. 아무것도 모르는 사람들은 아빠가 의사여서 부럽다고, 대기업에 다니는 능력 있는 엄마가 얼마나 자랑스럽냐고 말하지만, 그랬기 때문에 내가 외롭고 쓸쓸했다는 건 아무도 몰라.

아빠는 일주일 내내 병원 문을 열었어. 그중 6일은 밤 9시까지 야간 진료를 했지. 그마저도 남아서 해야 할 일이 있다면서 자정이 넘어 들어오는 날도 부지기수였어.

초등학생 때, 나도 다른 애들처럼 아빠랑 놀고 싶다고, 병원 문 닫고 일찍 오면 안 되냐고 아빠에게 조른 적이 있거든. 그때 아빠가 그러더라. 아픈 사람이 얼마나 많은지 아냐고. 아빠가 진료를 안 보면 아픈 사람들은 다 어디로 가냐고. 그래서 나는 내가 아빠를 찾는 게 아픈 사람을 버려두는 일 같아서 어린 마음에도 아빠에게 같이 있어 달라고 조르질 못했어.

근데 그거 알아? 아빠는 아픈 사람이 마음에 걸려서 야간 진료를 하는 게 아니었어. 엄마랑 아빠가 싸울 때 아빠가 그러더라고. 요즘은 병원도 살아남으려면 야간 진료가 필수라고. 그렇게 안 하면 도태되고 만다고. 아빠는 어린 내 마음에 죄책감을 심고 돈을 번 거야.

엄마는 엄마대로 바빴어. 내가 어릴 때 엄마는 나 때문에 너무 자주 회사를 빠져야 했대. 내가 아프다든가, 도우미 할머니가 올 수 없는 날이라든가, 유치원 행사가 있다든가, 하여간 늘 일이 생겼대. 엄마가 연차나 반차를 써야 할 온갖 이유가 말이야. 그래서 내가 초등학생이 되고, 이제 집에서 몇 시간쯤 혼자 있어도 된다고 여겨질 때부터 엄마는 일에 더 집중했어. 그동안 벌어진 업무 평가 점수를 따라잡으려면 두 배 세 배로 일을 해야 한다면서. 나 때문에 일을 못 했으니까, 그래서 엄마가 바쁘고 힘든 거니까, 엄마한테 옆에 있어 달라고 말하지 못했어.

"엄마 오늘 언제 와?" 하고 물으면, 엄마는 늘 "미안해, 우리 딸. 엄마가 오늘은 좀 늦어. 대신 아빠가 일찍 오실 거야. 잠깐 혼자 있을 수 있지?"라고 했어. 그래서 아빠에게 전화하면 아빠도 엄마랑 똑같이 말하더라고.

처음에는 혼자 있는 시간이 한두 시간 정도였어. 내가 잘 견딘다 싶으면 엄마 아빠는 조금씩 조금씩 더 늦게 들어왔어. 나는 혼자 양치질을 하고, 혼자 숙제를 하고, 혼자 침대에 누워서 엄마 아빠를 기다렸어. 있잖아, 해록아. 나는 늘 TV를 켜 놓고 잤어. 그렇게 하면 거실에서 사람들 말소리가 들리니까. 그러면 덜 외로우니까.

다른 애들이 엄마 아빠와 같이 저녁을 먹으며 학교에서 있었던 일을 말하고 같이 침대에 누워 종알종알 이야기를 나눌 때, 나는 늘 엄마 아빠는 언제 올까, 집에 와서 내가 혼자서도 잘 해낸 걸 보면 좋아하겠지, 그 칭찬 한마디를 들으려고 버텼어. 근데 우리 부모님이 뭘 걱정한다고?

불 꺼진 집에 들어오는 기분이 어떤지, 엄마 아빠를 기다리느라 잠들지 못한 시간이 얼마나 길었는지 알기나 할까. 내가 시험을 잘 치면 기뻐하니까, 장하다 우리 딸 그 소리가 좋아서 악착같이 공부했다는 걸 알고는 있을까.

내가 얼마나…… 얼마나 외로웠는지 알까.

내가 예전에 했던 말 기억나? 엄마 아빠 얼굴이 보고 싶어서 밤늦게까지 공부하며 기다렸던 날. 나는 정말 엄마 아빠가 좋아할 줄 알았어. 그래서 졸린 눈을 비비고 커피를 마셔 가면서 간신히 버티고 있었어. 그날은 그냥 엄마 아빠 얼굴이 너무 보고 싶었거든. 근데 신기하게도 엄마 아빠가 같은 시간에 집으로 돌아오더라고. 반가워서 뛰어나갔더니 분위기가 안 좋았어. 밖에서 무슨 일이 있었는지 나는 모르지. 그래도 나는 엄마 아빠를 봐서 좋았어. 얼굴을 봐서 기뻤어.

"지금 이 시간까지 안 자고 뭐 했어?"

"어?"

아빠의 딱딱한 물음에 나도 모르게 멈칫했어. 엄마는 한숨을 내쉬더라.

"엄마 아빠 보고 자려고……."

"늦게 오는 거 뻔히 알면서. 일찍일찍 자야지. 너까지 늦게 자면 엄마 아빠가 마음 편히 일이나 할 수 있겠어? 다음부터는 일찍 자."

그 뒤로 나는 다시는 엄마 아빠를 기다리지 않았어. 밤새 공부하는 날에도 현관문 열리는 소리가 들리면 불을 끄고 자는 척했어.

오늘 하루 무슨 일이 있었는지 이야기 나눌 사람도 없고, 친구랑 싸워도 편 들어 달라고 할 사람도 없었어. 나는 그냥 혼자였어. 네가 나타나기 전까지는.

너는 내 인생의 위로야.

너는 따뜻한 말이고, 손짓이고, 미소야.

네가 그랬잖아. 너는 나의 전부라고. 나는 네가 없으면 안 된다고, 나한테는 네가 꼭 필요하다고.

맞아. 나는 네가 필요해. 네 말이 전부 맞아.

"괜찮니?"

경찰이 내 어깨에 손을 올리고 물었어. 나는 불편한 기색을 보이며 어깨를 뺐지.

"내가 부모님 이야기를 꺼내는 게 불편해?"

"아니요. 그냥 좀……."

"부모님이랑 사이가 별로 안 좋은가 보구나."

"사이가 좋고 나쁘고 할 것도 없어요. 어차피 얼굴도 제대로 못 보는데요. 말이 가족이지, 남이나 똑같아요."

내가 말하는 내내 경찰의 동공이 빠르게 움직였어. 뭔가 생각하는 것 같았어.

"부모님 말씀과는 좀 다르네."

"뭐가요?"

"글쎄. 부모님은 너랑 사이가 나쁘다고 생각하시는 것 같지 않았거든. 널 많이 사랑하시던데. 진심으로 걱정하고 계셨어."

경찰은 천천히 말을 이었어. 그 말을 듣고 있자니 기분이 이상했는데, 조금 혼란스러웠어.

"부모님이랑은 원래 사이가 나빴니?"

"……좋았던 적도 있었죠."

그때 네가 나를 봤다면 아마 이렇게 말했을 거야. 내가 꼭 자신 없는 발표를 해야 하는 아이처럼 주눅 들어 있다고. 왜 그러냐고.

모르겠어. 내가 정말 왜 그랬는지. 그냥 엄마 아빠 얼굴이 떠올랐어. 내가 자랑스럽다고 내 등을 부드럽게 쓰다듬던 모습이, 따뜻한 손으로 내 손을 꼭 맞잡아 주던 모습이, 같이 있어 주지 못해 미안하다고 말하던 모습이.

"엄마 아빠는 저한테 별로 관심 없어요. 금요일이요, 해록이랑 저수지에 갔던 날. 그날 물에 빠져서 운동화 없이 들어온 것도 모를걸요? 그러니까 경찰을 만났으면서 저한테 무슨 일이 있었는지 묻지도 않았겠죠."

엄마 아빠 이야기가 나오자 나는 화가 난 사람처럼 굴었고, 경찰은 그게 의아했던 모양이야. 조금 전과 분위기가 확 달라졌으니까.

"언제부터 사이가 안 좋았어?"

"언제부터가 어디 있어요? 원래 그랬어요. 늘, 항상이요."

잠깐 침묵이 흘렀어. 나는 감정을 삭이느라 숨을 몰아쉬었지.

"전에는 그러지 않았는데, 고등학교에 올라오고 나서는 많이 싸웠어요. 엄마 아빠랑."

"뭐 때문에?"

"그냥 여러 가지로요."

"여러 가지?"

"제가…… 토했거든요."

"토해?"

경찰은 선뜻 이해되지 않는다는 얼굴이었어. 그렇겠지. 우리 엄마 아빠도 그랬거든. 내가 왜 그렇게 토하는지, 어째서 몰래 토하고 또 토하는지 이해하지 못했어. 그래서 엄마 아빠한테 이야기했던 그대로 말해 줬어. 토하고 난 뒤의 그 우울하고 힘없는 표정으로.

"네. 토했어요. 살 빼려고요."

❋

예지가 사복을 입고 나타났던 날 이후로, 너는 나를 더는 바라봐 주지 않았어. 함께 있어도 너는 늘 다른 곳을 보고 있었고 난 자꾸만 외로워졌어. 예지는 다시 생활복에 안경을 낀 모습인데도 너는 반짝이던 그날의 예지를 보고 있는 것만 같았지.

그즈음 내가 매일같이 검색하고 아침마다 눈뜨며 생각한 건 다이어트였어. 내 폰 검색창에는 언제나 개말라, 뼈

말라, 프로아나 같은 단어들이 남아 있었어. 먹고 싶은 걸 참는 방법도 알아봤지.

하루 종일 아무것도 안 먹은 날도 많았어. 네 눈길을 다시 빼앗고 싶었거든. 살을 빼서 아이돌처럼 마르면 네가 다시 날 예뻐할 거라고 생각했어.

처음엔 줄넘기를 했어. 자기 전에 천 개씩. 제법 효과가 있었어. 몸무게가 5킬로그램쯤 빠졌는데, 네가 그날 나한테 "오늘은 좀 괜찮아 보인다."라고 말했거든. 기분이 좋았어. 다시 네 마음을 잡을 수 있을 것만 같았지. 그런데 어느 순간부터 살이 더는 빠지지 않는 거야. 줄넘기 횟수를 3천 개까지 늘렸는데도 소용없었어.

"야, 너 요새 운동하냐? 다리 근육이 막, 어우─ 장난 아닌데."

살을 빼려고 4천 개 가까이 줄넘기를 한 다음 날, 다리가 아파서 힘들어하는 나를 보고 네 친구들이 말했어.

"조금만 더 해 봐. 더 하면 용철이 형도 따라잡겠다."

"용철이 형이 누군데?"

"있어, 헬스 유튜버."

네 친구들이 동시에 웃음을 터뜨렸고 너는 얼굴을 찌푸렸지. 나는 수치스러웠는데 너는 짜증이 난 것 같았어. 네 친구들의 한바탕 웃음 사이로 너는 쪽팔려 죽겠다는 듯 서둘러 자리를 떴어. 그 뒤로 나는 운동을 할 수가 없었어. 또 다리에 근육이 생길까 봐.

그래서 선택한 게 굶는 거였어. 너무 배가 고파서 견딜 수 없거나, 엄마 아빠가 잔소리를 퍼부으며 밥을 먹으라고 하면 어쩔 수 없이 조금씩 먹을 때도 있었어. 근데 있잖아. 배가 너무 고파서 진짜 죽을 것 같은데도 밥을 먹고 나면 살이 찔까 봐, 그래서 네 마음이 떠날까 봐 무서운 거야. 그래서 먹은 걸 다 토해 냈어.

한 번, 두 번.

그렇게 몇 번을 토하고 또 토했어. 오로지 네 마음에 들기 위해서. 너를 붙잡기 위해서. 네가 예전처럼 나를 사랑해 주고 아껴 주길 바라면서.

13

"저는 해록이가 '내 거'라고 하는 게 좋았어요."

"내 거……."

몇 번이나 작게 중얼거리던 경찰은 이내 불편함을 감추지 못했어. 두 손으로 이마를 꾹꾹 눌러 대는 모습은 두통이 시작된 것처럼 보이기도 했고.

"해록이가 너한테 그런 식으로 말했니? '내 거'라고?"

경찰이 크게 한숨을 내쉬더니 묻지도 않은 이야기를 하더라고.

"누가 누구의 '것'이 될 수는 없어. 사람은 그렇게 소유할 수 없잖아. 무슨 물건도 아니고, 어떻게 사람을 그런 식으로……."

경찰은 여전히 마음이 불편해 보였고 나는 경찰이 이해되지 않았어. 뭔가 단단히 착각하고 있는 것 같았거든. 나는 네 것이 되는 게 자랑스러웠어. 기뻤어. 근데 나의 기쁨을 경찰이 '말도 안 되는 일'로 치부하는 게 기분 나쁘더라고.

"해록이랑 저는 사귀는 사이라니까요?"

"사귄다는 건 서로의 마음을 확인했다는 거지, 서로를 소유한다는 뜻은 아니야. 사랑한다는 건 서로를 존중하면서 아껴 준다는 거지, 억압하고 괴롭히는 게 아니라고."

무슨 소리를 지껄이는 건지. 내가 언제 사귄다는 말의 정의라도 내려 달라고 했냐고. 아니면 나랑 무슨 윤리 공부라도 하자는 건지. 그 경찰이랑은 처음부터 끝까지 맞지 않는다는 것만 확인했지, 뭐. 나도 그래. 말도 안 통하는 경찰에게 무슨 이야기를 하겠다고. 그냥 알겠다고 하면 그만이었는데, 왠지 지고 싶지가 않은 거야.

"아니요. 사랑하는 사이는 그래도 돼요. 사랑은 서로의 '것'이 되는 거라고요."

경찰은 입을 다물었고, 덕분에 나는 그날이 생각났어. 네가 온전히 내 것이라는 걸 느낀 날 말이야.

"와, 해주야. 정해록 머리 개예뻐. 진심 잘 어울리더라. 네가 하라고 한 거야?"

아이들 몇몇이 호들갑을 떨며 물어 왔을 때 나는 그게 무슨 말인지 몰라 어색하게 웃었어. 머리라니? 아무 대답도 하지 못하고 있는 나 대신, 온주가 말했어.

"내가 하라고 했어. 미용실 간다고 어떤 머리 스타일이 예쁘냐고 자꾸 묻잖아. 여자들이 좋아하는 게 뭐냐고."

바로 그 말이 문제였어. 온주의 말은 내 귀를 스치고 가슴을 스치고 손가락 끝까지 가서 손끝을 덜덜 떨리게 만들었어.

"사람마다 좋아하는 스타일이 다르다고 했더니 그럼 내가 좋아하는 스타일을 알려 달라잖아. 너한테 물어보면 될걸 왜 나한테 그러나 몰라. 해주 너 토요일에 바빴지? 네가 얘기 안 해 주니까 자꾸 나한테 귀찮게 굴잖아."

온주가 정말로 귀찮아 죽겠다는 듯 나를 보며 말했어. 그 앞에 대고 주말 내내 그런 연락은 단 한 통도 없었다는 말을 어떻게 할 수 있을까.

"머리 다 하고 나한테 사진도 보내 줬는데. 해주 너도 알고 있었지?"

눈웃음을 살랑살랑 흘리면서 온주가 물었을 때, 내가 뭐라고 했을 것 같아? "아니, 난 처음 들었는데. 토요일에 데이트 안 했어."라고 말해야 했을까? 아니면 나도 모르는 걸 왜 온주 네가 알고 있냐고 따져 물어야 했을까.

결국 나는 아무 말도 하지 못하고 그저 멍청하게 웃었어. 새로 한 네 머리 스타일이 괜찮다는 친구들의 호들갑을 들으면서, 내 앞에서 마치 네가 자신의 남자 친구라도 되는 듯 으스대는 온주를 보면서 아무 말도 못 했다고. 알아?

갑자기 왜 머리 모양을 바꾸고 싶었는데? 왜 하필이면 여자들이 좋아하는 스타일을 물어봤는데? 왜 나한테는 한마디도 묻지 않고 온주한테 물었는데? 네가 내 생각보다 온주 생각을 더 중요하게 여겼다는 걸 어떻게 받아들여야 하는데? 그렇게 스타일 바꿔서 누구 시선을 받고 싶었어? 너한테 묻고 싶은 말들이 물음표가 되어 내 머릿속을 가득 메웠어.

네가 교실로 들어왔을 때, 몇몇 여자애들이 "오—." 하고 소리를 질렀어. 나는 의식적으로 예지가 너를 보는지 확인해야 했어. 교실 문을 열자마자 네 눈이 향한 곳이 예지 자리라는 걸 알고 있었으니까.

하필이면 예지도 널 보고 있었어. 너는 예전에 내게 그랬듯 수줍은 미소를 지었지. 가슴에 이상한 불덩이가 타올랐고 나는 슬로 모션처럼 느리게 걸어오는 너를 노려봐야 했어. 굽슬거리게 파마한, 꼭 연예인처럼 멋져 보이는 너를.

"그 머리 당장 풀어."

"무슨 소리야? 이거 한 지 이틀밖에 안 됐는데. 이상해?"

"어, 이상해. 완전 싫어."

너는 어쩔 줄 몰라 했고 나는 그런 모습조차 짜증 났어.

"다른 애들은 다 잘 어울린다는데 넌 왜 싫어?"

"싫어. 그냥 싫다고. 내가 싫다는데 머리 모양 하나 못 바꿔 줘?"

너는 이유를 알려 달라고 했어. 나는 이유 같은 건 없다고 했어. 당연하지. 너한테 예지 이야기를 하긴 싫었으니까. 자존심 상하잖아. 내가 네 것인 만큼 너도 내 거여야 하는데, 자꾸만 예지한테 빼앗기는 기분이었어. 내가 내 것에게 질투를 느끼는 건 말이 안 되잖아.

"아 진짜, 그만 좀 해. 이 머리 내가 마음에 든다니까."

"난 마음에 안 들어. 넌 내가 싫다는데 상관없어?"

"아 그러니까 왜 싫으냐고. 고작 머리 하나 가지고 짜증 나게."

화가 났어. 나는 네가 좋아하는 스타일대로 뭐든 바꿨는데, 네 눈에 예뻐 보이려고 노력했는데, 너는 내가 원하는 대로는 조금도 변하지 않는다는 사실이.

"고작 머리 하나?"

"그럼 뭐, 고작 머리 하나지. 자꾸 싫다고만 하지 말고 왜 싫은지 말을 해 보라고."

나는 고작 머리 하나조차 네 마음에 들게 바꿔야 했어. 오늘은 고데기가 잘됐느니 안 됐느니 같은 평가를 들어야 했고, 네 마음에 들려고 한 시간이나 더 일찍 일어나 머리를 만져야 했어. 근데 뭐? 고작 머리 하나?

"너한테 안 어울려. 그리고 나 그런 스타일 딱 싫어해."

너는 마치 엄마에게 혼나기라도 하는 것처럼 불만 섞인 표정으로 작은 한숨을 내쉬었어. 나는 내가 그렇게 싫다는데 '고작 머리 하나' 바꾸지 못하겠다는 너에게 실망했지.

"아이 씨, 알았어. 그럼 한 달만 하고 풀게. 됐지?"

"싫어. 당장 가서 풀어."

"왜 그래 진짜. 이거 한 지 이틀 됐다니까? 십오만 원이나 들었어."

"그래서. 싫다고?"

"해주야아, 좀. 왜 그래 진짜."

"못 바꾸는 이유가 뭔데? 온주가 예쁘다고 하니까 그렇게 좋아?"

너는 무슨 말이냐고 물었고 나는 온주 핑계를 댔어.

"난 너 머리 스타일 바꾸는 줄도 몰랐고, 미용실 간 줄도 몰랐어. 근데 온주는 다 알더라? 네 머리 바뀐 이야기를 왜 온주나 다른 애들 통해서 들어야 해? 왜 나만 모르고 다른 애들은 다 아는데?"

내 말에 갈 길을 잃은 듯했던 너의 동공은 제자리를 찾았고, 얼굴에는 어렴풋이 미소까지 번졌어.

"질투하냐?"

"질투든 뭐든. 그 머리 진짜 싫어, 나."

"왜? 내가 잘생겨지니까 긴장돼?"

어느새 너는 장난스런 미소를 짓고 있었고, 그 미소 때문에 나도 모르게 화가 조금씩 풀렸어.

"넌 무슨 질투도 귀엽게 하냐."

"몰라."

내 퉁명스런 말에 너는 또 웃었어. 마치 사탕을 사 주겠다는 엄마의 말에 화가 풀린 어린아이처럼 말이야. 우리는 다시 행복해졌어. 물론, 내 마지막 말에 네 표정이 조금 굳긴 했지만.

"그래서, 머리는 언제 풀 거야?"

일주일 뒤 너는 결국 머리를 풀고 왔어. 나는 환히 웃었지만 너는 어쩐지 기분이 좋아 보이지 않았어. 나는 내 것을 찾은 느낌이었고, 예지에게도 알려 주고 싶었어. 넌 내 거란 사실을.

"어, 정해록 머리 풀었네?"

"응. 일주일 정도 보니까 질리더라고. 그래서 내가 풀라고 했어."

우리의 사랑을 보여 준 날이었어. 네가 진짜 내 것이 된 날이기도 했지. 너는 조금 꺼림칙해 보였지만 나는 세상을 다 가진 기분이었어. 묘했어. 뭐랄까, 진짜 내 것을 가진 느낌이라고나 할까. 네가 정말로 내 것이 된 것 같았다고나 할까. 온전한 내 것 말이야.

'아, 이게 정말 사랑이라는 거구나. 너는 나를 위해서 다해 줄 수 있는 사람이구나.'라는 생각이 저절로 들었어. 나는 사랑받고 있었고 그게 즐거웠어. 이 사랑을 다른 사람들과 나누고 싶지 않았어. 죽어도.

14

"사랑이라……. 그렇게 사랑하던 해록이가 실종됐으니 너도 많이 힘들겠구나."

경찰과 이야기하며 나는 그날 내가 느꼈던 감정에 푹 빠졌어. 동시에 조금 씁쓸하기도 했지. 꼭 다시는 돌아오지 못할 과거를 추억하는 것 같아서.

"해록이한테 무슨 일이 생겼다면 현재로서는 제일 많이 의심받을 사람이 너야. 너를 위해서나 해록이를 위해서나 하루빨리 찾는 게 중요해."

"말하기 싫어서가 아니라 정말 아무 일도 없어서 없다고 하는 거예요. 경찰이 묻는다고 해서 없던 일을 만들 수는 없잖아요."

"그럼 저수지에서 둘이 뭘 했는데?"

"그냥 걸었어요. 단풍 보면서."

"그 시간에?"

"노을이 보고 싶었거든요."

"저녁 여덟 시에 무슨 노을을 봐?"

나는 그냥 입을 다물었어. 경찰의 날카로운 질문 때문에 말문이 막혀서가 아니었어. 나는 그때 정말로 노을 지는 가을 단풍 길을 너랑 걷고 싶었거든. 근데 경찰 말대로 너무 늦게 도착하는 바람에 아무것도 제대로 볼 수 없었어. 네가 나와 약속한 시간을 잊어버리고 네 잘난 친구들과 PC방에 갔었다는 걸, 그래서 세 시간이나 늦었다는 말을 하고 싶지 않았어.

하지만 별수 없었어. 그게 아니면 달리 뭐라고 해명할 수가 없으니까.

"해록이가 약속에 늦는 바람에, 그래서 늦게 갔어요. 그것 때문에 버스에서 계속 싸웠고요."

"그럼 해록이 친구들은 왜 너에 대해서 사이코패스라느니 죽이려 한다느니 같은 말들을 했을까?"

"제가 해록이랑 친구들 사이를 멀어지게 만들려고 거짓말을 했거든요."

"거짓말?"

☀

그 무렵 우린 데이트를 거의 하지 않았어. 여름방학 내내 그런 것도 모자라 2학기가 시작되어도 네 친구들과 함께였지. 그게 나빴다는 게 아니야. 나도 재미있을 때가 많았어. 근데 해록아. 그런 것도 한두 번이고 하루 이틀이지.

PC방에서 너희끼리 게임을 할 때, 코노에서 너희만 아는 노래를 떼창으로 부를 때, 예쁘고 맛있는 음식이 아니라 PC방이나 편의점에서 너희가 좋아하는 음식을 먹을 때, 그때마다 나는 소외감을 느꼈다고. 알아? 어떤 땐 내가 너를 만나는 건지 너희끼리 노는 곳에 낀 건지 구분이 안 갔어. 그냥 너희끼리 몰려다니는 곳에 내가 억지로 끼어 있는 느낌이었다고.

우리가 처음부터 그랬던 건 아니야. 알지, 너도? 사귀기 시작했을 때 너는 나랑 주말마다 영화관에 가고 오락실에서 같이 오락도 했잖아. 인생네컷을 찍어 인스타에 올리고, 맛집이라고 소문난 곳에 찾아가 한 시간이나 줄을 서서 기다렸다가 먹기도 했어. 그랬는데 망할 네 친구들과 같이 다닌 뒤로는 엉망이 됐어. 그런데도 너는 네 친구들이 왜 싫으냐고 화를 냈지.

네 친구들은 언제나 도가 지나쳐. 낄 데 안 낄 데 왜 구분을 못 하는지 이해가 안 가.

그리고 걔들은 거짓말을 너무 많이 해. 심지어 너한테 거짓말을 하라고 시키잖아. 왜 그런 애들과 어울리는데? 정말로 널 위하고 걱정하는 건 나뿐이라는 걸 아직도 모르겠어?

너는 내가 아무리 말해도 알아듣지 못했어. 몇 번이나 경고해도 나아지질 않았지. 너는 친구들이 나만큼이나 소중한 듯 굴었고 난 더 이상 그 꼴을 지켜볼 수가 없었어. 내가 대놓고 싫어하기 시작하자, 너는 나 몰래 친구들을 만나기도 했어. 네 친구들은 날 따돌리려고 합심해서 거짓말을 도왔지. 용서가 안 되더라.

그대로 지켜볼 수는 없었지. 네가 좋아 죽는다던, 소중해 미친다던 그 짜증 나는 우정 말이야. 나는 그 우정이 꼴 보기 싫더라고.

"나랑 친구들 중에 누가 더 중요한데? 선택해."

"그런 말이 어디 있냐. 애냐? 유치하게."

"말해. 누가 더 중요하냐고."

"둘 다. 됐지?"

땡. 틀렸어.

어떻게 우정이 나만큼이나 소중할 수 있어? 말이 안 되잖아. 네 우정이 틀렸다는 걸 깨닫게 해 주고 싶었어. 내가 친구를 잃고 오로지 너만 남은 것처럼, 너도 그래야 한다고 생각했으니까.

"지상아, 내일 뭐 해?"

"왜?"

"아……. 너하고 상담할 게 있어서. 해록이랑, 일이 좀 있어서."

"너네 둘 일은 너네 둘이 알아서 해. 왜 귀찮게 나한테 난리냐. 내가 사귀냐?"

그래. 그건 장지상 말이 맞아. 틀린 게 하나 없었지. 근데 그 말투가 마음에 안 들더라고. 그래서 그 순간 결심했어. 어떻게 해서든 너랑 장지상을 떨어뜨려 놔야겠다고. 네가 좋아 죽는 그 개 같은 우정을 깨 버리고 싶었어.

"어……. 사실 해록이가 좀…….."

"왜?"

"만나서 얘기하고 싶어. 전화로 할 얘기는 아닌 것 같아."

"전화로 할 말, 만나서 할 말이 뭐 따로 있어? 뭔데?"

"그게……."

나는 폰을 내려놓고 잠시 멈춰서 침묵을 만들었어. 그러고는 최대한 속상한 투로 말했지.

"해록이가 날…… 이제는 별로 안 좋아하는 것 같아서."

"무슨 소리야?"

"해록이가…… 단발이 좋다고 해서 머리를 자른 거였는데, 이제는 단발이 싫대."

"뭐?"

"질린대. 나더러 머리 길러서 반묶음을 하라고……. 잘 어울릴 거라고."

"아, 미친놈. 야, 야. 너 우냐? 왜 울고 그러냐. 잠깐, 울지 말고. 야, 그 새끼가 널 얼마나 좋아하는데. 뭔 오해가 있겠지. 그리고 아직 너희 막 헤어지고 그럴 단계는 아니잖아?"

내 말에 지상이는 허둥지둥 말을 내뱉었어.

"나도 오해였으면 좋겠는데……. 잘 모르겠어."

갑자기 눈물이 쏟아지더라고. 해록이가 나한테 질릴지도 모른다는 상상만으로도 서러움이 막 솟구쳤던 거지.

"아 씨, 알겠어. 만나서 얘기하자."

지상이가 언제 만나면 좋을지 물었어. 나는 시간은 별로 중요하지 않으니 원하는 시간에 다 맞추겠다고 했지.

"해록이한테는 비밀로 해 줄 수 있어? 내가 너한테 상담받았다고 하면 싫어할까 봐……."

"됐어. 당연한 얘길 뭐 하러 하냐?"

하여간 장지상은 볼수록 애가 괜찮다니까. 네가 왜 그렇게 지상이를 좋아하는지 알겠더라고. 어쩌면 나한테도 꽤 좋은 친구로 남았을 수 있었는데 말이야.

그렇게 약속이 잡혔어. 이왕이면 주말이 좋겠다고 했지. 어차피 지상이를 정말로 만날 생각은 없었거든. 그냥 너한테 말을 흘려서 질투심을 끌어내기만 하면 됐으니까.

"나 토요일엔 못 만나. 알고 있지?"

"왜? 무슨 일 있다고 했나?"

"아니. 지상이한테 얘기 못 들었어?"

"무슨 얘기?"

"나 토요일에 지상이랑 만나기로 했는데."

나는 아무렇지 않은 표정으로 말했고 너는 잠시 당황한 것 같았어.

"지상이랑?"

"응. 지상이가 얘기 안 해?"

"그런 말 못 들었는데. 왜 만나는데?"

"몰라. 만나자고 하던데. 아, 맞다. 너한테 얘기하지 말라고 했는데. 지상이한테는 내가 말한 거 이야기하지 마. 요즘 지상이랑 하도 자주 연락하다 보니까 깜빡했나 봐."

"……."

무거운 침묵. 그걸로 내 목표는 벌써 절반은 채워진 셈이었지.

"지상이랑 무슨 연락을 자주 하는데?"

"그냥 별 얘기 안 해. 뭐 하는지 묻고, 밥은 먹었는지 묻고, 뭐 그냥 그게 다야."

그게 다지. 그리고 그게 전부고.

"주말에 코노 갈 수도 있겠다. 지상이 노래 되게 잘 부르잖아. 저번에 통화하다가 내가 좋아하는 노래 있다니까 다음에 코노 가서 불러 준다고 했거든."

그 말이 너한테 어떤 타격을 줄지 알고 있었어. 네가 그랬잖아. "지상이 저 새끼는 여자 꼬실 때 맨날 노래만 처불러."라고.

봐. 난 언제나 이렇게 네 말에 집중하고 모든 걸 다 기억한다니까. 그러니까 너도 좀 배워.

너는 나에게 그런 말을 했는지 기억도 못 하는 눈치였어. 오히려 지상이가 왜 그런 말을 했는지, 다른 사람도 아니고 네 여친에게 왜 노래를 불러 준다고 했는지 몰라 당황하는 듯했어.

너는 아무 말도 하지 않고 폰을 꺼내 지상이에게 바로 톡을 보냈어.

> 야, 장지. 주말에 뭐 하냐. 시간 있냐?

"야아, 뭐야. 지상이가 얘기하지 말랬단 말이야."

나는 일부러 놀란 척 말했고, 너는 제법 화난 얼굴로 가만히 있으라며 나를 막았어.

지상이는 아주 짧은 답톡을 보냈어. 노라고 말이지. 거봐. 지상이는 진짜 입이 무거운 괜찮은 애라니까.

> 약속 있음?

> 누구랑?

지상이의 답변에 너는 눈살을 찌푸렸어. 그리고 두 손으로 얼굴을 비벼 댔지. 너에게 무슨 일이 일어나려 하는지 알 수 없어 혼란스럽고 복잡하다는 듯이.

"그 새끼가 언제부터 너한테 연락했어?"

"좀 됐어."

"그걸 왜 나한테 말 안 했는데."

"말했잖아. 네가 지상이랑 나랑 친하게 지내는 거 좋다며."

"그거야 그냥 단순히 친구일 때 얘기고……."

너는 말을 잇지 못했어. 당장이라도 머리를 쥐어뜯고 소리를 지르고 싶어 하는 눈치였지.

"주말에 지상이 보러 나가지 마."

"왜?"

"왜긴 뭐가 왜야. 가지 말라면 가지 마. 아니, 애초에 네가 주말에 내 친구를 왜 만나는데?"

"나는 그냥 네가 네 친구들이랑 친하게 지냈으면 좋겠다고 해서. 그래서 그런 건데."

나는 비 맞은 강아지 같은 표정을 지었어. 최대한 불쌍하고 순진한 얼굴 말이야.

"넌 내가 하라는 대로 다 하냐? 앞뒤 봐 가며 해야지. 장지상 이 개자식이 무슨 생각으로 널 주말에 부르는지 모르 겠냐?"

"몰라. 나는 네가 하라는 대로 한 것밖에 없는데."

너는 어쩌지도 못하고 장지상 개새끼라는 말만 몇 번이고 중얼거렸어. 중간중간 죽인다는 말이 들린 것 같기도 했고.

너는 활활 타오르고 있었고, 나는 너라는 불덩이에 불쏘시개를 더 얹어 주고 싶었어. 다 타서 재만 남아 버려야 하니까. 그래야 혹시라도 다시 되돌리려는 생각조차 할 수 없을 테니까.

그날부터 너는 두 번 다시 지상이를 보지 않을 것처럼 굴었어. 사실은 내가 먼저 만나자고 했다는 말을 장지상이 했어도 네 귀에는 들리지 않았을 거야. 너는 나를 믿으니까. 봤지? 내가 그랬잖아. 네가 말한 그 소중한 우정이라는 거, 그거 별거 아니라고.

15

네 친구들도 진짜 웃겨. 자기네들이 고작 그 정도로 흔들리는 사이밖에 안 되면서 너랑 지상이가 싸운 게 전부 내 탓인 것처럼 굴잖아.

사실 그때 그 일만 잘 끝났어도, 네가 장지상과 친구들을 확실히 끊어 내기만 했어도, 우리 사이가 그렇게 멀어지진 않았을 거야. 난 그게 아쉬워.

너와 지상이가 싸운 뒤에 분위기가 얼마나 험악했는지 기억나.

"너 해주 만나기로 했어, 안 했어? 그것만 말하라고, 새끼야."

너는 지상이에게 개쓰레기 새끼라고 했고, 아무것도 모

르는 지상이는 되레 너에게 욕을 했어.

둘이 어디까지 갔는지는 알 수 없지만, 네 터진 입술과 지상이 뺨에 난 상처를 보면 주먹다짐까지 했다는 걸 알 수 있었어. 난 그때가 딱 좋았어. 주말마다 네 친구들에게 끌려다니지 않아도 됐고, 그제야 데이트다운 데이트를 하게 됐으니까.

문제는 민규와 채호였어. 내가 거기까지는 미처 생각을 못 한 거지.

둘 사이에 오해가 있었다는 걸 민규와 채호가 알아냈어. 지상이 말과 네 말이 서로 달랐을 테니까. 그리고 그 사이에 내가 끼어 있다는 것도 알아냈어. 내가 모르는 동안 지상이를 만나 사실을 확인한 너는 곧장 나를 찾아왔어.

"폰 줘 봐. 확인하게."

"뭘?"

"지상이랑 나눈 카톡, 전화 내역 다 확인 좀 해 보자고."

네가 얼마나 화가 난 상태인지 알았기 때문에 당황스럽기보다는 무서웠어. 그렇게 빨리 들킬 줄은 몰랐으니까.

"없어."

"없어? 왜 없는데."

"다 지웠어."

내 말이 끝나기가 무섭게 네가 거의 고함을 지르듯이 말했어.

"어디까지 할 건데? 네 눈에는 내가 등신으로 보이냐? 왜 거짓말했어? 지상이가 그런 적 없다는데, 왜 거짓말했냐고! 지금 지상이 오라고 할까?"

너는 이제 어떤 말로도 나를 믿으려 하지 않았어. 나는 그저 네가 좋아서, 네 사랑을 나누고 싶지 않아서 그랬을 뿐인데 어째서 그렇게까지 화를 내는지 이해할 수 없었어.

"진짜 질린다. 이제 끝내자. 너한테는 있는 정 없는 정 다 떨어졌으니까. 끝이라고 이제."

"싫어."

뒤돌아서는 네 손을 붙잡아 세웠어. 두 손으로 있는 힘을 다해 붙잡았던 게 생각나. 그러는 나를 바퀴벌레 보듯 쳐다보던 네 눈빛까지.

"놔."

"싫어. 누구 마음대로 헤어져?"

"나랑 지상이한테 그런 짓을 하고도 나랑 사귈 생각이었어?"

"그러니까 왜 날 혼자 뒀냐고. 왜 비참하게 외롭게 만드냐고. 네가 날 외롭게 만들지만 않았어도 나도 그런 짓 안

했어."

"너 미쳤냐? 그래서 그게 나 때문이라는 거야?"

"너도 알잖아. 내가 얼마나 외로움을 많이 타는지. 나는 이제 너 아니면 친구도 없고 아무도 없어. 근데 너한테는 내가 있으나 마나 한 것 같고, 예전처럼 좋아해 주지도 않고……."

예전에 너는 내가 뭘 하든 좋다고 했는데, 어느 순간부터 내가 늘 마음에 들지 않는다고 했어. 나는 우리가 왜 싸워야 하는지 이해할 수 없었어.

"그래서 그런 미친 짓을 하고도 나랑 계속 만나겠다고?"

"나는 너랑 못 헤어져. 네가 하라는 대로 다 했잖아. 시키는 대로 다 했잖아. 제발 해록아, 내가 잘할게. 네가 하라는 대로 다 하고 찍소리도 말고 옆에 있으라고 하면 그렇게 할게. 그러니까 헤어지자고 하지 마, 응?"

"좋게 말할 때 놔. 나는 이제 네 얼굴만 봐도 무서워. 토할 것 같다고."

내 팔을 뿌리치고 걸어가는 네 뒷모습을 보면서 생각했어. 이대로 널 보내면 안 된다고. 널 보내면 다른 애한테 가서 나에게 보여 줬던 달콤한 미소를 짓고 따뜻한 눈길을 보낼 것 같았어. 죽어도 그 꼴을 볼 수는 없었어.

"시계 말이야. 내가 네 생일 선물로 준 거."

내 말이 네 발걸음을 잡기에 충분했나 봐. 너는 걸음을 멈추고 뒤돌아 다시 나를 보고 있었지.

"그 시계, 사실 우리 아빠 거야."

"뭐?"

"아빠 시계라고. 그것도 엄마가 결혼기념일 선물로 큰 맘 먹고 선물한."

"돌겠네, 진짜. 너네 아빠 걸 나한테 줬다고?"

"그럼 내가 무슨 돈이 있어서 그렇게 비싼 걸 선물로 줬 겠어. 몇백이나 하는데."

"장난하냐? 내가 언제 너한테 비싼 시계 달라고 한 적 있어? 왜 쓸데없는 짓을 하고 난리야. 짜증 나게."

"그 쓸데없는 짓 덕분에 인스타에 자랑도 하고, 부자 여 친 뒀다고 부러움도 받고 다 했잖아."

너는 이제 더는 나와 할 말이 없다는 듯 주머니에 손을 찔러 넣은 채로 삐딱하게 서 있었어. 당장이라도 뒤돌아 갈 듯한 모습으로 말이야.

"내일 시계 갖다줄게. 됐지?"

"그 시계 그날 깨졌잖아."

"아 씨, 진짜. 그래서 뭐 어쩌라고? 수리비라도 내놓으라는 거야?"

"아니, 돈은 됐어."

"그럼 뭐? 원하는 게 뭔데?"

"우리 아빠가 그 시계 없어진 걸 알게 되면 어떻게 될 것 같아?"

"어쩌라고. 네가 훔쳤잖아."

"사람들이 그걸 믿어 줄까?"

"무슨 소리야?"

나는 가만히 너를 바라보았어. 네 얼굴에 묻어 있는 짜증 조각들을 하나하나 바라보면서, 그것들조차 놓치지 않으려고 애를 쓰면서 너를 봤어. 온전히 나만 보고 있는 너를.

"너한테 주고 싶어서 내가 아빠 시계를 훔쳤다는 말을 믿을까, 아니면 네가 시켰다는 말을 믿을까?"

짜증으로 구겨졌던 네 얼굴이 펴지며 동공이 확장되었지.

"명품 명품 입에 달고 살면서 깝죽대는 네 말을 믿을까, 아니면 너랑 사귀면서도 성적 한 번 떨어진 적 없이 성실한 내 말을 믿을까."

"너 진짜 돌았냐?"

"네가 겁을 줘서, 어쩔 수 없이 훔쳤다고 하면 어떻게 될 것 같아?"

"야, 김해주!"

네가 버럭 소리를 질렀을 때, 나는 오히려 정신이 맑아졌어. 그리고 확신했지. 나는 아직 너를 보낼 수 없다는 걸.

"나야 네가 그렇다고 하면 곧 죽어도 네 말을 믿지. 근데 다른 사람들도 나처럼 널 믿어 줄까? 누가 네 말 따위를 믿어 주겠어? 잘 들어, 해록아. 난 너랑 헤어질 마음 없어."

아마 처음이었을 거야. 내가 너보다 먼저 뒤돌아 갔던 게. 먼저 돌아서는 건 항상 네 몫이었고 나는 언제나 네 뒷모습을 봐야 했어. 그제야 알겠더라. 네가 왜 그렇게 날 내버려 두고 뒤돌아 갔는지. 네가 여전히 그 자리에 서서 날 보고 있다고 생각하니까 꽤나 기분이 좋았어.

다음 날에도, 그다음 날에도 나는 여전히 네 여자 친구였어. 네가 그렇게 나랑 헤어지고 싶어 하는데도 헤어지지 못하는 이유를 알게 된 뒤로, 네 친구들은 대놓고 날 무시하고 멸시했어.

"해록이가 생각이 짧았지. 처음부터 김온주랑 사귀었으면 이런 꼴 안 봤을 텐데."

나도 채호가 얼마나 순수하고 악의 없이 말하는지 알고 있어. 걔는 뭐랄까, 뇌를 거치지 않고 말을 막 해서 탈이지만 말속에 독을 품고 있지는 않거든. 근데 채호도 그거 하나는 알고 있어야 해. 생각이 없는 것도 때로는 나쁜 게 되기도 한다는 거. 아무 말이나 지껄이는 건 멍청한 거거든. 그리고 난 멍청한 게 악의가 있는 것보다 더 나쁘다고 생각하거든.

우린 매일같이 싸웠어. 네 입에서는 "짜증 나게 굴지 말고 헤어지자."라는 말이 너무 자주 나왔지. 하지만 나는 여전히 너와 헤어지고 싶은 마음이 조금도 없었어.

16

"그렇게까지 해서 해록이랑 사귀어야 하는 이유를 모르겠다."

"말했잖아요. 해록이랑 헤어지면 저는 혼자가 된다고."

경찰은 질린다는 표정이었어. 아무래도 상관없었어.

"그렇게 무시당하고 싸웠는데도 괜찮았다고?"

"네. 그래도 해록이가 제 옆에 있었으니까요."

"그날 저수지에 갔을 때 싸운 이유도, 단순히 해록이가 약속에 늦어서만은 아니겠구나."

"……"

"왜 싸웠어?"

나는 한참 동안 아무 말도 하지 않았어. 우린 그맘때쯤 너무 많이, 너무 자주 다퉈서 도대체 왜 싸웠는지 이유가 생각나지 않았거든.

"그냥 처음부터 끝까지 다 문제였어요. 해록이는 저수지에 가기 싫어 했을 뿐만 아니라 저랑 있는 것도 싫어했으니까. 근데 전 예전부터 한번 가고 싶었거든요. 어떤 블로그를 봤는데, 사람들이 잘 찾지 않는 숨겨진 단풍 명소라고 하더라고요. 사진이 너무 예뻤어요. 평화롭고 예뻐서 신비할 정도로요. 그래서 해록이랑 꼭 같이 가고 싶었어요. 해록이는 싫다고 했지만 제가 가자고 졸랐어요. 같이 가 주면 헤어져 주겠다고."

"헤어져 주겠다고 했어?"

"네. 그러니까 알겠다고 하던데요."

내가 너무 덤덤하게 이야기했던 걸까. 경찰이 한숨을 내쉬더니 수첩을 탁 소리가 나게 접어 테이블 위에 올렸어. 그러고는 이제야말로 끝을 보겠다는 얼굴로 다시 물었어.

"그날 무슨 일이 있었던 거야? 이제는 말해 줘야겠어, 해주야. 어째서 해록이는 사라지고 너는 물에 젖어서 나왔는지."

나는 고집쟁이 아이처럼 입을 다물었고, 경찰 입에서는 그럴 줄 알았다는 듯 한숨이 새어 나왔어.

"해록이가 널 밀었니?"

너 괴괴하다는 말 들어 본 적 있어? 예전에 책에서 읽고 어감이 이상해서 찾아본 적이 있거든. 쓸쓸할 정도로 고요한 걸 괴괴하다고 한대. 저수지에서 내 기분이 그랬어. 정적이 괴괴하게 흘렀고 그 고요 때문에 난 미친 듯이 쓸쓸해졌어.

"해록이가 너한테 물에 들어가라고 강요했어?"

나도 모르게 손톱을 뜯고 있었나 봐. 경찰은 내가 불안해 보였는지, 아니면 말을 알아듣지 못했다고 생각했는지 다시 물었어.

"그랬니? 해록이가 너한테 물에 들어가라고 했어? 무슨 말을 하면서 그렇게 했니? 죽는시늉이라도 하면 다시 사귀어 주겠다고 했어? 그래서 너 스스로 물에 들어간 거야?"

손이 떨렸어. 떨고 있는 걸 들키지 않으려고 주먹을 꽉 쥐었는데, 그런데도 벌벌 떨리더라. 나는 입술을 깨물면서 동시에 고개를 저었어.

"아니요. 아니에요."

"솔직하게 말해야 해. 이건 범죄야."

"아니요."

나는 고개를 들어 경찰의 눈을 똑바로 바라보았어. 경찰과 처음 이야기를 시작했을 때 그랬던 것처럼.

"이건 사랑이에요."

경찰이 헛웃음을 지었어. 몇 번이나 고개를 절레절레 흔들더니 눈을 질끈 감더라.

"다른 사람들에게 도움을 요청해 본 적은 없어?"

"네?"

"너도 알잖아. 네 말이 모두 사실이라면 도움을 받아야 한다는 거."

나도 모르게 웃음이 났어. 경찰 말이 너무도 비현실적이었으니까. 학교에서 무슨 일이 생기거나 친구들 사이에 힘든 일이 있으면 언제든 어른들에게 알리라고 하지. 그래서 뭐가 해결되는데? 진짜 웃기지 않아? 우린 여덟 살짜리 꼬맹이가 아닌데, 언제까지 어른들이 달려와 이놈, 하고 혼내 주길 바라며 그 말도 안 되는 짓을 하라는 거야?

"누구한테 도움을 받아요?"

"네 옆에 있는 사람들. 선생님도 좋고 부모님도 좋고, 아니면……."

"뭐라 그러면서 도움을 받아요? 전 헤어지기 싫은데 해록이가 헤어지자고 하니 도와달라고 해요? 해록이랑 사귀느라 친구가 없다고 징징대면 돼요? 도대체 뭐라고 하면서 도움을 받아요?"

"경찰에 신고할 수도 있어."

"픕."

정말이야. 갑자기 웃음이 터져서 입을 틀어막기까지 했는걸. 경찰에 신고하라니, 무슨 말도 안 되는 소리냐고. 나는 웃긴 이야기라도 들은 사람처럼 입가에 허무한 웃음기를 머금은 채 물었어.

"뭐라고 신고를 해요? 남자 친구랑 헤어졌어요, 혼내 주세요, 그러면 되나요?"

"아니. 솔직하게 얘기해야지. 학대를 당했다고."

"거짓말을 하라는 거예요? 해록이는 절 때린 적 없어요. 그 정도로 쓰레기는 아니라고요."

"가스라이팅, 정신적 학대, 언어폭력. 그런 것도 죄가 되거든."

경찰은 나에게 한 수 가르쳐 주겠다는 듯 확신에 찬 얼굴로 말했어. 나는 콧방귀를 뀌고 너를 떠올렸어. 나를 바라보던 네 눈, 네 얼굴, 그 표정들을.

"그런 일도 없지만 그랬다고 쳐요. 증거가 없잖아요, 증거. 억지로 힘들게 증거 한두 개쯤 찾았다고 쳐요. 그런다고 뭐가 달라지겠어요? 누가 그런 일에 관심이나 가진

대요?"

기분 탓이었을까. 어째서 경찰의 얼굴이 밝아지는 것 같았을까. 묘하게도 경찰은 수수께끼를 푼 탐정처럼 얼굴을 활짝 펴고 확신에 찬 눈으로 날 바라보았어.

"이제 다 했니?"

"……뭐라고요?"

경찰이 알 수 없는 말을 하자 섬뜩한 기분이 들었어. 온몸의 털이 쭈뼛 서고 주변의 고요가 목을 조여 오는 것 같았어.

"이제 그만하자, 해주야. 네 거짓말 들어 주는 것도 여기까지야."

"……네?"

"거짓말은 끝났다는 뜻이야."

"무슨 말인지 잘 모르겠……."

"저수지에서 신고 전화가 있었다는 말 기억하지? 낚시꾼 아저씨. 그 아저씨 옆에 한 사람이 더 있었어."

심장이 쿵 하고 내려앉는 것 같았어. 경찰이 무슨 말을 하는지 여전히 알 수 없었어. 당황하는 내게 경찰이 손에 들려 있던 수첩을 내밀었어. 맞아. 내내 뭔가를 적어 대던, 짜증 나게도 자꾸만 신경 쓰였던 그 수첩을.

17

지금까지는 네 이야기를 들어 줬으니까, 이제는 네가 내 이야기를 들어 줘야겠다.

너 곰팡이 피는 거 본 적 있니? 곰팡이는 어둡고 습한 곳에서 잘 피지. 좀 억울한 건 형편이 어려운 사람일수록 어둡고 습한 곳에 산다는 거야. 바로 내가 그랬거든.

우리 집이 좀 어려웠어. 그래서 경찰 시험 준비하는데도 부모님이 십 원 한 푼 보태 줄 형편이 안 됐지. 남들은 집에서 학원비도 주고 용돈까지 준다는데, 나는 도움을 받기는커녕 알바한 돈까지 부모님께 보내 드려야 했어. 아버지가 편찮으셨거든. 자식이라고는 나 하나뿐이고, 내가 돕지 않으면 약 사 드실 돈마저 부족했으니까.

그러니 어쩌니. 알바한 돈 반 뚝 떼어 부모님께 보내 드리고 남은 돈으로 학원비, 교재비, 고시원비 다 내고 나면 밥 먹을 돈이 없는 거야. 알바를 하나 더 뛰자니 공부할 시간이 없고, 그렇다고 쫄쫄 굶으며 살 수는 없는 노릇이니까 하는 수 없이 학원을 그만뒀지. 학원 안 다녀도 열심히 하면 시험에 붙을 수 있을 거라고, 남들보다 두 배 세 배 열심히 하면 합격할 수 있다고, 그렇게 스스로 최면을 걸면서.

그래서 붙었냐고? 아니. 출발선이 다른데 어떻게 결승점에 똑같이 도달하니? 돈과 시간은 늘 부족하고 내가 할 수 있는 건 없는데. 이미 하루에 한 끼만 먹고 있어서 더 굶을 수도 없었고, 더 줄일 돈도 없었어.

고시원비 30만 원도 못 내는 내가 불쌍했는지 고시원 총무가 아는 집주인을 소개해 주더라고. 그 집주인이 그러데. 별로인 방이 하나 있는데 그거라도 괜찮으면 25만 원에 살라고. 월세가 싼 대신에 집 관리는 안 해 준다고.

횡재 같더라. 창문도 없고 발 디딜 공간조차 없는 고시원에 살다가, 좁지만 나만 쓰는 주방에 고시원보다 훨씬 큰 방 한 칸이라니 얼마나 좋아. 벽에 곰팡이가 조금 피긴 했지만 그래도 5만 원이나 아낄 수 있는데 엎드려 절을 해서라도 들어가야지. 안 그래?

참 악착같이 살았어. 그런데 살다 보니까 집주인이 그 방을 싸게 준 이유를 알겠더라. 습하고 어두운 지하라 곰팡이가 자꾸만 번지는 거야.

그거 아니? 곰팡이는 한번 피기 시작하면 걷잡을 수 없이 퍼지는 거. 나중에는 피할 수 없을 만큼 모든 게 곰팡이에 전염되고 말아. 그런데 무서운 건 이거야. 곰팡이가 더럽고 건강을 해친다는 걸 알면서도, 어느 순간부터는 곰팡이를 당연하게 여기게 되거든.

매일 아주 조금씩 조금씩 번져 가니까, 곰팡이가 온 집안을 점령해 옷과 가구까지 모조리 썩어 가는데도 심각한 줄 모르는 거야. 그 집에서 꺼내 입은 옷에서도 곰팡내가 진동하는데, 몰라. 늘 곰팡이랑 함께니까 모르는 거지. 그거 모르지? 곰팡이는 세탁을 하고 또 해도 잘 없어지지 않는 거.

다들 그러잖아. 가난하고 빽 없으면 그냥 그렇게 쥐같이 살아야 하는 거라고. 가난은 죄악이고 그 죄악을 안고 태어난 건 나니까 다른 방법이 없는 것 같았어. 그런 삶이 나에게는 최선이라고 받아들였지.

하루는 라면을 사러 가다가 오랜만에 학교 친구를 만났

어. 그런데 걔가 그러는 거야. 너 뭐 하고 사냐고. 뭘 하고 살기에 이런 이상한 냄새가 나냐고.

"아무리 집 앞에 나온다고 해도 좀 씻고 다녀라. 누가 보면 욕해."

친구는 장난스럽게 말했지만 얼마나 수치스러웠는지 몰라. 내 몸에서 곰팡내가 진동했거든. 곰팡이로 시꺼멓게 변한 방에서 먹고 자고 입고 그렇게 살았으니까. 그날 라면도 잊고 집으로 뛰어 들어가서 뭘 했는 줄 알아?

공부. 미친 듯이 공부를 했어. 곰팡이가 피어 시꺼메진 벽을 똑바로 보면서, 죽어도 여기서는 벗어나야겠다고 이를 갈고 또 갈면서.

이런 얘길 왜 하냐고?

너네 집은 곰팡이가 하나도 없는 듯한데 너한테 곰팡내가 나서.

무슨 말인지 모르겠니? 네 마음속 곰팡이가 부모님을, 친구들을, 해록이를 모두 전염시켰다는 이야기야. 다들 네가 곰팡이인 줄 몰랐겠지. 나중에 네가 원인이라는 걸 알아도, 너한테서 벗어나려면 이를 악물고 죽을힘을 다해야 했을 거야.

나는 네가 다른 사람에게 한 짓이 곰팡이 같다고 생각

해. 그래, 곰팡이. 네 어둡고 습한 마음이 만들어 낸 곰팡이균 덩어리. 충분히 밝고 좋은 곳에 살면서 왜 그렇게까지 스스로를 좀먹는 거니?

거짓말은 집어치워. 난 곰팡이라면 지긋지긋한 사람이라 네 마음에 시꺼멓게 핀 곰팡이가 훤히 다 보이거든.

자, 아까부터 네가 궁금해 죽겠다는 눈으로 보던 이 수첩. 이 안에 뭐가 적혀 있는지 보여 줄게. 여기에는 네가 나한테 한 거짓말들이 들어 있어.

너는 처음부터 끝까지 아주 교묘하고 은밀하게 네 이야기를 했어. 내가 널 피해자라고 여기도록 대화를 계속 이끌었지. 내 입에서 결국 해록이가 널 밀었냐는 말이 나오도록 유도하면서.

너는 상대방보다 더 작고 약하니까 당연히 네가 피해자일 거라는 편견을 이용하려 했어. 그 발상이 얼마나 무서운 건지, 너 하나 때문에 수많은 약자들이 멍에를 짊어질 수 있다는 걸 명심해야 할 거야.

네가 얼마나 사람을 잘 속이는지 알아. 그게 너만의 특기라고 생각한다면 오산이야. 세상에는 너보다 똑똑한 사람들이 훨씬 많아. 이미 네 주변에도 네가 어떤 사람인지 아는 이들이 생겨날 정도니까. 무슨 말인지 아니? 네가 원하는 대로 모두를 속이거나 네 편으로 만들 수 있다는 생각은 아주 큰 착각이라는 뜻이야.

좋아. 아직도 무슨 말인지 모르겠다니 설명해 줄게.

너는 해록이가 널 뚫어져라 바라봤다고 했어. 혹시나 네가 착각한 게 아닐까 싶어서 먼저 나서지 못했지만 다른 친구들이 눈치챌 만큼 해록이의 시선이 뜨거웠다고 말이지. 근데 네 친구들 말은 좀 다르더라고.

네가 먼저 그런 말을 하고 다녔다면서.

해록이랑 자꾸만 눈이 마주쳐. 우연이라고 하기에는 너무 자주 마주치는 것 같아. 고개만 돌리면 해록이가 보고 있어서 민망할 정도야, 하고.

처음에 친구들은 "그런가? 잘 모르겠는데?"라고 반응했다며? 근데 네가 계속 해록이 이야기를 꺼내니까 다른 아이들도 너와 해록이를 번갈아 보게 됐다고 하더라. 그렇게 시간이 지나니 정말로 해록이가 널 보는 것 같았다고 하던걸.

설령 해록이가 널 봤다는 게 어느 정도 사실일지는 몰라도, 주변 친구들에게 그런 이야기를 퍼뜨리고 믿게 만든 건 너였지. 남자아이들이 그런 말을 하더라고. 네가 해록이 좋아하는 티를 얼마나 내는지, 모르는 게 이상할 정도였다고. 매일 웃어 주고 눈빛을 보내며 좋아하는 티를 팍팍 내고는, 하루아침에 심술이 난 얼굴로 못 본 척을 했다지. 그런 방법으로 너는 해록이의 시선을 잡아끌었어.

뭐, 아무래도 좋아. 누가 먼저 좋아했고 말고는 크게 상관없으니까. 그런데 말이야, 생각해 보면 좀 이상하잖아? 왜 굳이 나한테 해록이가 먼저 널 좋아했다는 이야기를 그렇게나 강조했던 걸까?

왜일까?

모든 걸 해록이 탓으로 돌리기 위해서였겠지. 해록이가 먼저 좋아했기 때문에 만나게 됐다고. 너는 그저 해록이 말을 잘 들었을 뿐인데 해록이 마음이 식으면서 일이 이렇게 되어 버렸다고. 그러니 모든 게 해록이 탓이라고. 아니니?

치마를 입으라고 했다는 것도, 화장이나 단발머리를 요구했다는 것도 모두 그런 목적에서 일부러 한 이야기잖아. 해록이가 널 조종했고, 너는 그저 사랑받기 위해 해록이의 말을 잘 듣는 여자 친구였을 뿐이라는 걸 강조하려고. 네가 마치 약자이고 피해자인 것처럼 보이려고. 그게 아니라면 왜 해록이가 실종된 이 시점에 내게 그런 이야기들을 했겠어. 그것도 무려 세 시간 가까이.

말했잖아. 널 만나러 오기 전에 이미 해록이 친구들과 주변 사람들 탐문을 끝냈다고. 거기에 학교 선생님과 네 친구들도 포함되어 있었어.

네 친구들은 네가 한 이야기와 비슷한 말을 하긴 하더라고. 해록이가 그렇게 많은 걸 요구했다며. 머리 모양이나 옷, 화장으로도 모자라서 인스타까지 감시했다면서 말이야.

"정해록 그렇게 안 봤는데, 해주랑 둘만 있으면 완전 변했다나 봐요. 하나부터 열까지 전부 다 맞추라고 그랬다던데요."

이상하지. 해록이 친구들 말은 완전히 달랐거든. 그런 얘기는 처음 듣는다면서 오히려 묻더라고.

"누가 그래요? 해록이가 진짜 그랬대요? 이상하네. 해록이는 그런 거에 관심 없는데요."

"관심이 없다고?"

"네. 여자애들 머리가 단발이든 길든 그런 거에 아예 관심이 없어요."

"다른 여자애들한테 관심이 없었어도 여자 친구에게는 다를 수 있지 않을까?"

"뭐, 그럴 수도 있기는 한데요……. 아, 잠시만요. 찾아 보면 있을 텐데."

그러면서 해록이와 주고받은 카톡을 보여 주더라고.

"여기요. 보세요. 이날 김해주가 머리를 단발로 자르고 온 날이거든요. 김해주가 해록이 좋아하는 걸 계속 티 내는데, 본인만 못 알아차리길래 저희가 한번 찔러 본다고 물어봤어요."

> 야. 김해주 머리 자르니까 귀엽지 않냐? 어떻게 생각함?

> 엥?? 뭔 솔?

> ㅇ 오늘 단발하고 왔잖아. ㅂㅅ

> 몰라. 나랑 뭔 상관?

"보세요. 얘는 전 세계 축구 선수들 부상 입은 건 다 외우고 다녀도 다른 사람한테는 관심이 없어요. 김해주가 머리를 잘랐는지도 모르잖아요. 근데 해록이가 단발로 자르고 치마를 입으라고 했다고요? 해록이는 여자애들 치마 입으면 불편해 보이는데 왜 입는지 모르겠다고 하는 놈이에요."

웃기지? 이야기를 하면 할수록 두 이야기가 서로 엇갈리는 거야. 꼭 누가 있지도 않은 사실을 중간에 거짓말로 끼워 넣기라도 한 것처럼 말이야. 이상한 게 한둘이 아니더라고. 더 이야기해 볼까?

너는 어느 날 해록이가 너와 헤어져도 아무렇지 않을 거라는 걸 깨달았어. 견딜 수 없었겠지. 그래서 해록이를 네 마음대로 부릴 수 있게 만들려고 했어. 네가 원할 때까지 절대 헤어질 수 없도록. 해록이가 반발했지만, 너는 그마저도 '사랑'이라고 포장했어.

넌 약자가 되어 해록이의 말을 무조건적으로 듣게 됐다고 하지만, 사실은 그 반대잖아. 그 시계를 빌미로 너는 해록이를 지긋지긋하게도 괴롭혔어. 해록이가 조금이라도 눈에 거슬리는 행동을 하면 '그 일'을 꺼내며 협박과 같은 세뇌를 했지. 너 같은 애 말을 누가 믿겠냐고, 네 말을 믿어 주는 사람은 나뿐이라고. 그렇게 해록이를 점점 점령해 간 거야.

해록이를 핑계로 새 옷을 사고 짧은 치마를 입고 화장을 짙게 하면서 너는 부모님의 관심을 끌었어. 친구들에게는 해록이가 시키니까, 해록이가 좋아하니까 이렇게 한다는 핑계를 대면서 해록이를 위해 움직이는 것처럼 굴었지. 사실 해록이는 네가 어떤 옷을 입든 어떤 머리 모양을 하든 크게 관심이 없었어. 네 옷차림이나 화장을 평가해 달라고 매일같이 요구한 건 바로 너였으니까.

왜, 또 아니라고 할 셈이니?

너랑 해록이가 주고받은 카톡에 고스란히 남아 있는 내용을 토대로 이야기한 거니까 증거가 필요하면 얼마든지 말해.

참, 해록이가 너를 '내 거'라고 표현하는 게 좋다고 했지? 그래서 해록이 인스타에도 네가 누군지 묻는 질문에 '내 거'라고 쓰라고 시켰니?

뭘 그렇게 놀라. 해록이가 실종됐는데 그럼 우리가 해록이 SNS도 확인 안 해 봤을 거라고 생각했니? 거기에 네가 보낸 디엠이 고스란히 남아 있던걸.

"여자 친구라고 하지 말고 내 거라고 해. 내 거. 난 네 거잖아. 너도 내 거고."

넌 해록이가 네 인스타 사진까지 관리했다고 했지만 사실은 그 역시 반대였어, 그치? 인스타 사진이 마음에 드네 안 드네 하며 감시한 쪽은 너였어. 너는 해록이 인스타에 네가 아닌 다른 아이와 찍은 사진을 올리는 것조차 용납

하지 않았지.

해록이와 사귀면서 친구들과 멀어지고 주변에 아무도 남지 않았다고 했지? 마치 해록이가 널 외톨이로 만들기라도 한 것처럼. 그 이야기를 좀 더 해보자.

채호가 했던 급 나누기 때문에 친구들과 멀어졌다는 이야기에서 말이야. 좀 빠진 게 있더라고. 네가 그랬다며.

"사실 나연이나 예지가 친구 하기엔 좀 급이 떨어지긴 하지."

네 친구들이 그러던데. 네 입으로 그런 말 하는 걸 똑똑히 들었다고. 그리고 이런 말도 하더라.

"저 정해록이랑 안 사귀었어요. 중딩 때 잠깐 썸 타다 말았다고요. 해주한테 몇 번이나 말했는데, 썸 탄 거나 사귄 거나 똑같다면서 얼마나 발광을 하던지. 그러는 애한테 제가 뭐라고 해요? 썸 타서 미안하다고 그래요?"

"예지야, 그 얘기도 해. 왜, 너 방송반 일 때문에 사복 입고 왔을 때. 있잖아요, 예지가 방송반 일 때문에 사복을 입고 온 적이 있거든요. 예지가 사회자를 맡아서 좀 꾸미고 왔는데 김해주 걔가 얼마나 거품을 물던지. 진짜 무슨 사이코패스인 줄. 자기만 화장해야 하고, 자기만 꾸며야 된다고 생각하더라고요."

게다가 나연이와 예지는 너랑 멀어지게 된 이유가 그것 때문만은 아니라고 했어. 네가 너무 이기적으로 굴어서, 너 필요할 때만 친구를 찾아서, 같이 있으면 뭐든 맞춰 줘야 해서 힘들었다고 그러더라. 너한테 조금이라도 맞추지 않으면 이렇게 말했다면서?

"진짜 짜증 나네. 너희들 진짜 왜 그래? 아무리 이해를 하려고 해도 이해가 안 된다, 이해가. 너희도 너희가 이상한 거 알지? 다른 애들한테 물어봐. 너네가 지금 얼마나 비상식적인지."

그래. 넌 아직도 그게 무슨 잘못인지 모르겠지. 친구들한테 했던 말 몇 마디나 행동들이 뭐가 문제냐고 말이야. 때린 것도 아니고 욕을 한 것도 아니고 왕따를 시킨 것도 아닌데.

때리거나 욕만 안 하면 사람들을 그렇게 대해도 되는 거니? 누구든 네 말에 따라야 하고, 네가 시키는 대로 해야 한다고? 그런 식으로 행동하면 안 된다는 거, 정말 몰랐니?

너는 해록이와 사귀면서 네가 혼자가 되었다고, 정신을 차려 보니 곁에 아무도 없었다고 했지만 네가 외로워진 건 해록이 탓이 아니야. 오로지 네 탓이지.

너, 정말 해록이를 좋아하기는 했니? 좋아했다는 사람이 해록이가 실종됐다는데 그렇게 태연히 날 맞이할 수 있을까? 너는 해록이를 좋아한 게 아니야. 이용한 거지.

무슨 증거로 그런 말을 하냐고?

너 해록이가 축구를 좋아했다는 건 알고 있었니? 네가 들려준 이야기에는 해록이가 축구를 좋아했다는 말이 한 번도 안 나온 거 알아? 해록이를 조금이라도 아는 사람들은 누구나 다 해록이가 축구를 좋아했다고 빠짐없이 이야기하던데, 네 입에서는 단 한 번도 해록이가 좋아하는 게 뭔지 나오지 않았어.

넌 그저 같은 말만 반복했지. '해록이는 날 정말로 좋아했어요, 해록이는 자신이 어떻게 하면 멋진지 알았어요.' 오로지 해록이의 겉모습, 그게 아니면 널 좋아했다는 말뿐이었잖아. 해록이가 뭘 좋아하는지, 무슨 생각을 하고 사는지, 고민이 뭔지, 단 하나라도 아는 게 있긴 하니?

이게 네가 해록이를 이용하기만 했지, 한 번도 진심으로 좋아한 적이 없다는 증거야.

무슨 귀신이라도 본 것처럼 그런 표정 지을 거 없어.

널 속인 거냐고?

아니. 처음부터 나는 한 번도 널 속인 적 없어. 네 친구들과 해록이 친구들, 부모님과 선생님도 모두 만나고 왔다고 분명히 얘기했었잖아. 다 알고 있다는 말도 했어. 내 말을 무시하고 이야기를 꾸며 댄 건 내가 아니라 너야, 김해주.

네 말은 언제나 반은 맞고 반은 틀렸어. 그래서 정신을 바짝 차리지 않으면 전부 다 맞는 말처럼 들렸지. 네가 이야기를 제법 잘한다는 건 인정해야겠다. 네 이야기를 듣고 있으면 이미 알고 있는 사실마저 혼란스러워지더라고. 아주 잠시였지만 해록이를 의심하고 널 믿어야 하는 게 아닌가 싶었으니까.

그런데 그 말.

"누가 그런 일에 관심이나 가진대요."라고 했던 그 말. 그 말이 내 멱살을 잡고 흔들더라고.

아까 말했잖아. 저수지에서 신고가 들어온 그날 낚시꾼 옆에 또 다른 사람이 있었다고.

그래. 해록이가 거기 있었어.

궁금하니? 어떻게 해록이가 거기에 있었는지?

네 말만 들으면 꼭 해록이가 널 물에 빠뜨린 것처럼 생각되거든. 넌 참 교묘하게도 해록이가 널 빠뜨렸다거나 밀었다거나 하는 말 따위는 하지 않았어. 다만 네 이야기를 듣다 보면 네가 저수지에 강제로 들어갈 수밖에 없게끔 해록이가 무언가를 했겠구나 하고 의심할 수밖에 없게되지. 만약 내가 신고를 한 낚시꾼의 진술을 듣지 못한 상태였다면, 네 말에 완전히 속아 넘어갔을지도 모르겠다.

무슨 말인지 모르겠다고? 좋아. 그럼 이 이야기는 어떠니? 네가 없던 시간에 일어난, 네가 전혀 모르는 일을 들려줄게.

낚시꾼은 네 운동화를 발견하고 곧이어 해록이도 발견했어. 해록이는 넋이 나간 채로 바닥에 주저앉아 있었대.

"학생 괜찮아? 무슨 일이야, 학생?"

놀란 낚시꾼이 해록이를 감싸 안았어. 해록이 상태가 심상치 않아 보여 본능적으로 껴안았다고 하더라. 안 그러면 무슨 일이 생길 것 같았다면서. 하지만 해록이는 전혀 진정되지 않은 채로 네가 물에 빠졌다고 했대. 근데 조금 이상했어.

"제가 죽였다고 할 거랬어요. 제가…… 제가 했다고."

해록이는 널 죽인 게 자신이 될 거라며 두려워하고 있었어. 가만히 생각해 보면 정말 이상한 말이잖아. "제가 해주를 죽였어요."가 아니라 "제가 죽였다고 할 거랬어요."라니.

낚시꾼이 친구가 물에 빠졌냐고, 아니면 네가 물에 빠뜨린 거냐고 몇 번을 물었대. 해록이는 고개를 젓고는 이런 말을 했다는 거야.

"제가 그런 거 아니에요. 진짜예요, 믿어 주세요. 제가 그런 거 아닌데, 제가 죽었다고 할 거예요. 해주는 그럴 수 있어요. 걔는 그럴 거예요. 아저씨, 저 좀 살려 주세요. 저 죽기 싫어요. 살려 주세요."

"학생, 그게 무슨 말이야 대체. 천천히, 응? 진정하고 천천히 말해 봐."

하지만 해록이는 완전히 공포에 질린 상태였어. 그러다 정말 큰일이 날 것 같았대.

"괜찮아, 괜찮아. 아저씨가 도와줄 테니까 걱정하지 마. 네 친구가 물에 빠졌다는 거지?"

"제가 그런 거 아닌데, 진짜 아닌데……."

"당최 이게 무슨 소리야. 일단 진정 좀 해 봐, 학생."

"제가 그런 거 아니에요, 제가 그런 거 아니에요."

"알아, 알아. 학생이 그런 거 아니야. 이게 무슨, 세상에."

"저 잡혀가면 어떡해요? 살려 주세요, 아저씨."

"아니, 학생이 왜 잡혀가?"

"해주가 그랬어요. 자기가 죽으면 제가 죽였다고 할 거라고. 제가 그런 거 아닌데, 제가 했다고…… 그렇게 만들 거라고 했어요."

낚시꾼이 그러더라. 해록이 말이 이해가 안 되더라고. 죽은 사람이 무슨 수로 하지도 않은 일을 했다고 만드냐면서. 그런데 해록이는 너라면 그럴 수 있다고 그랬대.

"우선 뭐가 어떻게 된 일인지 경찰에 신고부터 하자, 응? 억울한 거 경찰이 다 밝혀 줄 거야. 걱정하지 마."

그런데 해록이에게 그런 말들이 전혀 통하지 않았대. 이상한 말만 반복하고 또 반복할 뿐이었지.

"아무도 내 말 안 믿어 주면 어떡해요?"

"아, 누가 학생 말을 안 믿어? 믿어, 걱정 마. 나도 믿고 경찰도 믿어."

걱정되는 마음에 해록이를 데리고 가려던 낚시꾼이 잠시 짐을 챙기는 사이에 해록이가 도망쳤어. 그 뒤로 해록이는 실종 상태고.

그렇게 내가 널 찾아오게 된 거야.

널 처음 봤을 때 말이야, 너는 해록이가 실종될 거라는 걸 예상하고 있던 것 같았어. 그게 이해가 안 됐는데 이제 알 것 같다.

너는 일부러 휴대폰을 끄고 아무에게도 연락하지 않았던 거야. 금요일 저녁 저수지에서 사건이 있은 후로 월요일인 오늘까지. 더군다나 오늘은 학교에도 가지 않았지. 마치 네가 정말 어떻게 되기라도 한 것처럼, 해록이가 두려워하게 만들려고. 안 그러니?

증거 있냐고? 증거라…….

그래. 너는 증거를 참 좋아하지. 가스라이팅이나 정서적 학대에는 증거가 없다고 또박또박 말하는 거 보면 말이야. 얼마나 어리석은지. 누군가를 그렇게 괴롭히고도 증거 하나 없을 줄 알다니.

네가 하는 생각이 얼마나 무서운 건지 아니? 누구는 주먹을 휘두르고, 누구는 말로 폭력을 써. 겉으로 보이는 멍은 치료가 되지만 속으로 든 멍은 보이지도 않아서 아무 일도 없는 듯 사람을 서서히 죽여 가지. 너는 주먹을 휘두르고 칼을 휘두른 것만큼이나 끔찍한 짓을 한 거야.

해록이가 집에서는 휴대폰 대신 태블릿을 썼던 거 아니? 아, 하긴 잘 알겠다. 숙제 때문에 태블릿을 쓸 때마다 연락이 잘 안 된다면서 태블릿에도 카톡을 깔게 한 게 너였으니까. 거기에 너랑 나눈 카톡 대화가 참 많더라고. 새벽 3시나 4시일 때도 있었어. 시간에 상관없이 너는 항상

해록이를 찾았어. 혹시라도 잠들어 카톡 대답이 늦어지는 날에는 너와 엄청나게 싸워야 했지. 그것 때문에 해록이는 수면 장애까지 생겼어.

너와 해록이가 나눈 카톡에 가장 많이 나온 말이 뭔 줄 알아?

'누가 네 말 따위 들어 주겠냐고.' '너한테 아무도 관심 없어.' '아무도 널 믿어 주지 않을 거야.' 같은 말들이야. 꼭 세뇌라도 하듯이, 해록이에게 네 말을 잘 들어야 한다며 그런 말을 마구 해 댔더구나.

그게 뭐가 문제냐고?

너 정말 대단하다. 어쩜 그렇게 태연하게, 그게 무슨 문제냐는 대답이 나올 수 있지?

너는 누구든 네 마음대로 조종할 수 있다고 생각하지? 부모님과 친구들도 너무도 쉽게 네 거짓말에 속아 네 말을 따랐으니까. 네가 최상위 포식자라도 된 것 같지? 그러니 네 머리 꼭대기에 앉아 네가 하는 걸 지켜보는 사람이 있으리라고는 꿈에도 생각하지 못했을 거야.

네 부모님이 네가 하는 거짓말을 정말 하나도 몰랐다고 생각하니? 일 때문에 바쁜 엄마 아빠가 너에게 죄책감을 느낀다는 걸 너도 잘 알고 있었을 거야.

네가 죄책감을 빌미로 부모님을 이용할 때, 아무것도 몰라서 네가 원하는 대로 다 해 줬다고 생각해? 사랑하니까, 네가 생각하는 것보다 부모님이 널 많이 사랑하니까, 눈감아 줬을 거라는 생각은 안 들어?

잘 알아 둬. 사람들이 속는 게 아니라 속아 주는 척할 때도 있다는 걸.

그것도 모르고 너는 그 죄책감을 이용해 마음껏 누렸어. 미안하지만 네 불행의 시작이 바로 거기였다는 걸 명심해. 네가 부모님 마음을 이리저리 이용해 먹은 것.

그다음은 친구였을 거야. 초등학생이 되면서부터는 점점 부모에게서 멀어져 친구와의 관계에 집중하게 되니까. 너는 부모님이 너에게 그랬듯 네 말이면 뭐든 복종하는 친구가 필요했어. 순진하고 착한 몇 명의 아이들, 네가 하고 다니는 것들을 부러워하는 아이들, 그 아이들에게 친한 친구가 되어 주는 척하며 너는 친구들을 마음대로 이용했을 거야.

중학생이 돼서도 그 버릇이 바뀌진 않았지. 근데 웬걸? 늘 그랬듯 비슷한 방법으로 친구들의 마음을 조종하던 너는 막다른 길에 놓였어. 몇몇 아이가 반기를 든 거야. 네가 뭔데 이래라저래라하는 거냐, 우리가 왜 네 말을 들어야 하는 거냐. 싸움이 일어났고 선생님까지 네가 벌인 전쟁에 참전하게 됐지. 선생님들은 공부 잘하는 모범생이던 너를 감싸 줬어. 하지만 3학년 담임 선생님은 달랐지. 네가 친구들을 이간질하고 친구들을 맘대로 부린다는 사실을 알았던 거야. 너는 인정하지 못했고 학폭위 소집까지 운운 됐어. 벼랑 끝에 내몰린 너는 뒤늦게야 사과했고, 다시는 이런 일이 없을 거라고 빌어야 했지.

그때 모든 게 끝났어야 했어. 그랬다면 너도 보통의 친구들처럼 평범하지만 반짝이는 고등학교 시절을 보낼 수 있었을지 몰라. 하지만 너는 모든 걸 끝내는 대신, 가면을 쓰고 쉽게 용서받는 방법을 익혔어. 너는 문제가 될 만한 일에 언제나 빠져나갈 구멍을 만들었어. 말이라는 건 아주 교묘하고 미묘해서, 이야기를 어떻게 설계하고 어떻게 설득하느냐에 따라 많은 것이 바뀌니까.

고등학생이 된 너는 쉽게 부릴 만한 사람을 다시 찾기 시작했어. 근데 너희 반에는 이미 사람들의 시선을 한 몸에 받는 온주라는 애가 있었지. 공부도 잘하고 예쁜 데다 성격까지 좋아서 모두들 좋아하는 아이였어. 친구들을 좌지우지하고 네 마음대로 부리려면 반에서 군림해야 했는데 그게 불가능해진 거지.

우울했을 거야. 은근슬쩍 온주를 욕하고 온주를 질투하는 아이들을 모아 보려고 했지만, 다들 온주를 좋아했지. 답답했을 거야. 네 마음대로 풀리지 않았으니까. 그러다가 네 눈에 들어온 사람이 바로 해록이였어.

해록이만 가지면 되겠다고 계산했을 거야. 해록이 정도면 어딜 가도 자랑할 만했고, 온주와도 친했으니까. 해록이만 가지면 온주가 갖지 못한 걸 가질 수 있다는 묘한 쾌감까지 들었을 거야. 너는 그렇게 처음부터 끝까지 모든 걸 설계했겠지.

난 네가 처음부터 끝까지 모든 걸 계산했다는 걸 알아. 어떻게 그렇게 확신하냐고? 네 그 눈빛, 네 그 표정이 다 말해 주니까.

그거 아니? 겁먹은 개가 먼저 으르렁거린다는 거. 겁먹었다는 사실을 들키지 않으려고 송곳니를 보이거든. 너는 날 처음 본 순간부터 이빨을 드러내며 으르렁댔어. 말로는 아무것도 모른다, 무슨 상관이냐며 태평한 척 굴었지만 네 눈빛과 표정은 겁이 나 죽겠다고 말하고 있었어. 개가 진짜로 물 때는 말이야, 으르렁거리지 않고 곧장 달려들어서 물어뜯어.

무슨 말이냐고?

너는 그저 겁에 질려 으르렁거리는 작은 개 한 마리일 뿐이라는 뜻이야.

내가 너 같은 애를 처음 봤을 거라고 생각하니? 봐. 지금도 너는 어떤 거짓말로 이 상황을 벗어날까 그 생각만 하고 있잖아. 말로는 아무것도 모른다고 하지만 다 들켜서 짜증 나 죽겠다는 표정은 숨기질 못하고 있잖니.

네 이야기는 모순 덩어리였어. 사랑에 빠진 순진하고 착한 아이, 피해자, 도와줘야 할 아이. 너는 자신이 그렇게 보이도록 처음부터 끝까지 이야기를 구성했어. 근데 있잖아, 꼬리가 길면 밟히기 마련이거든. 네 계획의 가장 큰 문제는 너를 믿게 하려고 너무 많은 이야기를 했다는 거야.

그러다 보니 몇 번이나 네 본성이 나왔고, 표정까지 숨길 수는 없었어. 너는 네 행동을 합리화했지. 이를테면 네가 해록이의 머리 스타일을 간섭했다는 이야기 같은 거. 너는 해록이가 진정한 '내 것'이 된 기분이었다며 '사랑'을 강조했어. 사실은 집착과 광기 사이 그 어디쯤이었을 텐데 말이야.

어느 순간부터 해록이도 너를 향한 마음이 식어 갔을 거야. 네 까탈스러운 성격을 맞추기 힘들었겠지. 너는 해록이의 마음을 붙잡기 위해 다이어트를 했다지만 사실은 네 존재감을 드러내고 해록이에게 죄책감을 심어 주기 위해서였을 거야. "내가 이렇게 힘든 다이어트를 하는 이유는 모두 너 때문이야. 네 마음이 식어서, 그래서 내가 이렇게 힘든 거야."라는 말을 해록이에게 몇 번이고 해 대면서.

네가 해록이 마음을 붙잡기 위해 지상이를 이용했다고 말했을 땐 소름이 돋더라고. 그런 말도 안 되는 일을 벌이면서 그렇게 할 수밖에 없었던 이유가 해록이 때문이라고 덮어씌웠으니까. 네가 한 일이 정당한 일이라는 듯 죄책감 한번 비치지 않고 그런 말을 술술 해 대는지, 무섭더라.

해록이가 점점 네 말을 듣지 않고 친구들과 여전히 친하게 지내자 너는 해록이를 완전히 네 것으로 만들기 위해서, 아니 네 마음대로 부리기 위해서 해록이와 친구들을 멀어지게 만들고 싶었어. 철저히 외톨이가 되어야 해록이가 네 말을 잘 들을 테니까. 친구들을 이간질하고 해록이를 친구들에게서 빼앗으려다 들키자, 너는 그것마저 해록이 탓으로 돌렸어.

뭐든지 다 해록이 탓이었지.

사랑을 빌미로 그러는 거 비열하다는 생각 안 드니? 그래, 비열. 비열하고 야비한 짓이야. 마음을 이용한 범죄니까. 누구는 사랑을 했다는 이유로 폭력을 당하기도 해. 누구는 죽을 고비를 넘기고 누구는 다시는 사랑을 하지 못할 만큼 상처받기도 한다고. 세상에서 제일 비열하고 더러운 게 네가 한 행동이야.

왜 그렇게 괴롭힌 거야? 해록이가 너한테 무슨 잘못을 했니? 그저 널 좋아해 준 것밖에 없잖아. 네가 그랬지? 해록이는 널 위해서 손 선풍기와 바람막이를 들고 다니는 애였다고. 그런 애를 왜 그렇게 못살게 군 거야?

머리 굴리지 마. 지금 너한테 최선은 네가 죽은 줄 알고 무서워 꼭꼭 숨어 버린 해록이가 무사한 거, 그거여야만 해. 네가 살아 있다는 사실을 알고 해록이가 아무 일 없이 다시 돌아오는 것. 그게 너한테 남은 가장 최선의 상황이야. 만약 해록이한테 무슨 일이 생겼다면, 너도 아무 일 없었던 것처럼 지나가진 못할 거라는 의미야. 다음에 너와 내가 만나는 곳이 오늘처럼 너희 집은 아닐 거라는 말이라고.

못 알아듣는 척하지 마. 네가 얼마나 똑똑한 애인지 잘 알고 있으니까. 말했잖아. 네가 한 그 행동들 모두가 폭력이고 죄가 된다고. 그러니까 해록이가 어디에 있을지 생각해 보는 게 좋을 거야. 해록이가 무사히 돌아오길 빌고 또 빌면서. 알겠니?

아까 내가 했던 말 기억해? 네 마음에 곰팡이가 잔뜩 피어 있다는 말. 절대 잊지 말고 기억해 두길 바라.

사람들은 곰팡이를 두려워하지 않아. 끔찍해하지. 한 번 곰팡이를 겪은 사람들은 두 번 다시 곰팡이와 만나고 싶어 하지 않아. 그때는 네 마음에 더 이상 곰팡이가 있든 없든 중요하지 않을 수도 있어. 사람들이 널 조금이라도 믿어 줄 때, 바로잡을 수 있을 때 바로잡아. 이게 내가 어른으로서 너한테 해 줄 수 있는 마지막 배려야.

18

꼭 폭풍이 몰아닥친 기분이었어. 경찰이 너무 많은 말을 내뱉고 떠났거든. 나는 잠시 멍하게 소파에 앉아 있었어.

무슨 말을 어떻게 시작해야 할지 모르겠어. 너한테 하고 싶은 말이 너무 많은데 어떤 말을 해야 네가 내 말을 믿어 줄까. 그래, 우리 이야기가 낫겠다.

끝까지 경찰에게 하지 않은 이야기를 하려고 해. 오로지 너와 나만 아는 이야기. 저수지에 가기 전부터 그날 네가 그곳에서 실종 될 때까지, 우리에게 있었던 일 전부 다.

학교에서도 너는 내게 인사조차 하지 않았고 마치 내가 보이지 않는 것처럼 굴었어. 그걸로 모자라 너는 내 신경을 긁어 놓으려고 작정한 것처럼 다시 파마를 하고 왔어. 온주가 좋아한다던 그 머리 스타일 말이야.

몇몇 애들이 묻더라.

"너희 싸웠어?"

"헤어졌어?"

그때마다 내가 뭐라고 했는 줄 알아? 비참함을 참아 가면서 미소까지 지은 채로 대답했어.

"아니. 해록이가 조금 삐쳤어. 은근히 잘 삐치거든. 금방 화 풀릴 거야. 자주 그래."

그날 나는 인터넷을 검색해서 사람들이 잘 가지 않는 곳을 찾았어. 그러다가 어느 블로그에서 사진을 발견했는데, 바로 거기다 싶더라고. 그렇게 찾은 곳이 그 저수지였지. 우리가 함께하는 곳인 만큼 분위기가 좋았으면 했어. 바다로 갈까도 생각했지만 너무 멀었어. 우리 사이가 다시 좋아지면 바다로 여행을 가는 건 언제든 어렵지 않을 거라 생각했거든.

저수지는 그리 멀지 않으면서 막 단풍이 들기 시작해 아주 운치 있었어. 버스를 40분만 타면 되는 거리였는데, 솔직히 그렇게 가까운 곳에 저수지가 있다는 것도 처음 알았어. 거기라면 우리가 다시 시작할 수 있을 듯했어.

엎드려 잠들어 있는 너에게 가서 책상을 두드리자 너는 잠이 채 깨지 않은 눈으로 올려다보다가 내 얼굴을 확인하고는 얼굴을 찌푸렸어.

"저수지에 갈 거야."

"뭔 소리야?"

"단풍 보러."

나는 너를 내려다보았고 너는 짜증 섞인 한숨을 내쉬었지. 나는 네 머리를 만지며 작게 속삭였어.

"애들 보잖아. 행동 똑바로 해. 누가 보면 헤어진 줄 알겠다."

"미쳤냐?"

"좀 웃어. 혹시 알아? 그러면 내가 네가 원하는 대로 해 줄지."

"하고 싶은 말이 뭔데? 비꼬지 말고 얘기해."

"너랑 가고 싶은 데가 있어."

"싫다면?"

"말했잖아. 네가 원하는 대로 해 줄지도 모른다고."

"내가 원하는 건 네 얼굴 안 보는 건데?"

"그러니까, 같이 가자고. 그럼 헤어져 줄게."

헤어져 주겠다는 내 말에 너는 헛웃음을 내뱉고 다시

책상 위로 엎드렸어. 나는 그런 네게 가까이 다가가 속삭였지. 네가 잊지 않았으면 했거든.

"우리 아직 끝난 거 아니야. 아직은."

그런데도 너는 그날 약속 시간보다 세 시간이나 늦게 나왔어. 내가 보낸 카톡과 전화도 모두 무시했지. 하지만 난 한 번도 화내지 않았어. 네가 일부러 내 화를 돋우고 있다는 걸 알았으니까.

우리는 함께 버스를 타고 저수지로 갔어. 왜 그런 데를 가냐며 가기 싫어하는 네 손을 억지로 잡아끌어야 했지. 근데 막상 버스에서 내리고 나니 덜컥 겁이 났어. 여기가 우리의 시작이거나 끝이거나 둘 중 하나가 될 거라는 느낌이 들었거든.

사진 속 아름다운 풍경과 달리 늦은 저녁 저수지는 몹시도 황량했고 텅 빈 것 같았어. 우리가 함께하는 곳은 언제나 빛나야 하는데, 그래야 하는데, 거긴 너무 어둡고 너무 축축했어.

"왜, 막상 오니까 겁나냐? 그러니까 너는 왜 항상 끝까지 가는데. 왜 사람을 지치게 만드냐고."

"……."

내가 아무 말이 없자 너는 폭발했어.

"이제 제발 좀 그만하자, 제발 좀! 짜증 나게 하지 말고!"

"짜증 나?"

"그럼 너는 이게 짜증이 안 나냐? 여길 왜 왔는데? 대체 무슨 생각으로 이런 데 오자고 한 건데? 빠져 죽니 어쩌니 하면서 나 협박하려고?"

모르겠어. 네 말대로 정말 내가 그런 생각으로 널 불렀는지, 아니면 그저 아름다운 저수지를 걸으면서 허심탄회하게 이야기를 나눌 수 있을 거라고 생각했는지, 나도 날 잘 모르겠더라고. 우리가 끝이라는 걸 나도 알고 있었는데, 그걸 인정하면 그 순간 정말 끝이라는 게 두려웠던 것 같아.

"해. 하고 싶은 거 하라고. 죽고 싶으면 죽어."

"내가 정말 죽었으면 좋겠어?"

"나는 네가 죽든 말든 관심 없어. 그냥 헤어지고 싶다고."

"내가 여기서 죽으면 너 때문인 거야."

"또 시작이네. 그게 왜 내 탓인데?"

"너랑 나, 우리 둘만 왔잖아. 근데 내가 여기서 죽으면 당연히 널 의심하지 않겠어?"

"뭐?"

"몇 번이나 말했잖아. 사람들은 네 말에 관심도 없다니까? 네 잘난 친구들도 결국에는 널 의심하게 될걸. 널 믿는 사람은 나밖에 없어. 해록아, 넌 내가 원하지 않으면 절대 나랑 못 헤어져."

그날 네가 짓던 그 표정이 생생하게 기억나. 날 경멸하고 무시하던 그 얼굴.

"하……. 네 마음대로 해라. 빨리 끝내고 가게."

그 말 때문이었어. 사실 정말로 널 협박이나 하려고 저수지에 오자고 한 건 아니었거든. 근데 그 말을 듣는 순간, 내가 저수지에 빠져야만 내 마음이 오기가 아니라는 걸 너한테 보여줄 수 있을 것 같았어. 너는 내가 아무것도 하지 않을 거라 생각했겠지. 그러니 내가 운동화를 벗고 저수지를 향해 걸어가는 순간에도 마음대로 하라고 말했을 거야. 내 양말이 저수지 물에 젖고 잔잔한 물결이 발목과 종아리를 덮쳤을 때, 등골을 타고 서늘하고 두려운 것이 온몸을 휘감았어. 물이 허벅지를 넘어 허리 근처에 닿았을 때쯤, 너는 욕을 내뱉었지.

"아오, 진짜! 너 미쳤어? 빨리 나와! 나오라고!"

네가 나오라고 소리치지만 않았어도 나는 더 들어가지 않았을 거야. 막상 물에 들어가니까 너무 무섭더라고. 근데 나오라는 네 목소리가 마치 구원의 종소리처럼 들렸어. 네가 드디어 내 손을 잡아 줄 거라는 희망이 생겼거든. 정말로 곧 네 발걸음 소리가 들렸고, 나는 물속으로 한 발짝 더 걸어 들어갔어.

그리고

덜컥

내려앉았지.

아마도 부러진 나뭇가지와 썩은 나뭇잎을 밟고 미끄러졌었나 봐. 나는 어딘가로 빨려 들어가는 것처럼 허우적대기 시작했어. 마치 누가 내 발목을 잡고 늘어지는 것 같았거든. 똑바로 설 수도, 정신을 차릴 수도 없었어.

"아악— 해주야! 김해주!"

분명 네 목소리였어. 내 이름을 부르고 나를 찾는, 애타게 나를 원하는 네 목소리. 나도 네 이름을 불렀어. 죽을지도 모른다는 공포 속에서도 우리가 서로의 이름을 애타게 부르는 게 좋았어. 근데 어느 순간부터 네 목소리가 들리지 않는 거야. 겨우 고개를 돌렸더니 도망가는 너의 뒷모습이 어렴풋이 보였고, 그때서야 그게 정말로 내 마지막일지도 모른다는 생각이 들더라. 나는 계속 허우적대며 간절히 네 이름을 불렀어.

그거 알아?

내가 물에 빠져 죽어 가는데도 너는 한 번도 뒤돌아보지 않고 뛰었다는 거.

몇 번을 더 허우적거렸을 때, 뭔가 내 발에 부딪쳤어. 그걸 밟고 일어서니 물이 내 목에서 찰랑거리더라. 가쁜 숨을 몰아쉬었어. 물소리와 내 숨소리 말고는 아무 소리도 들리지 않았어. 한 걸음 한 걸음 물가로 걸어 나올 때까지 얼마나 시간이 걸렸는지는 모르겠어. 시간이 멈춘 것 같았거든.

파도 같은 건 없었어.

바람도, 새소리도, 아무것도 없었어. 너 역시도.

해록아.

그때 내 기분이 어땠을지 상상이 가? 죽어 가는 나를 보고도 뒤돌아선 너에게 어떤 배신감을 느꼈을지, 도망가던 네 뒷모습에 어떤 결심을 했을지.

있잖아. 나는 너를 도망자 신세로 만들 수도 있고 아무 일 없게 만들 수도 있다고 생각했어. 모든 게 내 말에 달렸다고 자신했어. 그날 그곳에는 너랑 나 둘뿐이었으니까.

경찰 말이 맞아. 나는 네가 더 많이 겁먹기를 바랐어. 그래서 내가 살아 있다는 사실만으로도 감사하도록, 나를 보는 것만으로도 행복하도록, 그렇게 네가 완전히 내 것이 되기를 바랐어.

우리가 어쩌다가 여기까지 오게 됐는지 모르겠어.

한참 동안 경찰이 했던 말을 생각해 봤어. 왜 그렇게까지 너와 헤어질 수 없었던 걸까. 왜 너에게 겁을 주면서까지 너를 붙잡고 싶었던 걸까. 아무리 생각해도 답은 하나더라.

당연하게도 나는 너를 사랑하니까.

사랑했기 때문이었어.

해록아. 나는 정말로 널 좋아해. 너무 좋아해서 온 마음을 다해 너를 대했을 뿐이야. 그게 잘못이었을까? 그치만 너도 분명 날 좋아했잖아. 좋았던 날들이 수도 없이 많았잖아.

우리가 함께한 시간들이 모두 짓밟힌 기분이야. 싸운 적도 많았지만, 서로 소중하게 여긴 순간들도 많았잖아. 우리가 얼마나 좋았는데, 얼마나 행복했는데. 아무것도 모르는 경찰이 우리의 시간을 오해하고 매도하는 걸 지켜보는 게 너무 힘들어.

나는 있잖아, 내 전부를 다해서 널 사랑했어. 그래서 그랬나 봐. 네가 내게 주는 사랑이 내 사랑보다 언제나 너무 작고 부족하게 보였거든.

근데 이젠 나도 알겠어. 도망쳤던 네가 저수지로 다시 돌아왔다는 경찰의 이야기를 듣고 깨달았어. 너의 사랑도 나만큼이나 크다는 걸. 네가 어디서 뭘 하고 있는지 모르겠지만 나는 알아. 네가 실종된 게 아니라 어딘가 꼭꼭 숨어 있다는 거. 그렇게 내가 살아 있기를 빌며 나를 애타게 기다리고 있다는 걸.

이제 조금 홀가분해진 것 같아. 네 마음을 알았으니까, 어쩌면 언젠가는 놓아줄 수 있을지도 모르지. 하지만 해록아. 그 전에 네가 먼저 돌아와야만 해. 그렇게 우리가 다시 만나 아직 다 하지 못한 이야기를 나눴으면 해. 다른 사람들이 우리의 시간에 대해 뭘 알겠어. 너랑 나만 아는 우리의 이야기가 아직 많이 남았잖아.

해록아. 다시 돌아올 거지? 그래서 모두에게 저수지 일은 아무것도 아니었다고 말해 줄 거지?

그럴 거라 믿어.

기다리고 있을게. 연락 줘.

작가의 말

"사랑해."라는 말은 참 많은 것을 품고 있는 단어입니다. 나보다 당신을 더 아낀다는 의미인 동시에 당신과 함께하는 시간이 더없이 기쁘다는 말입니다. 말로 표현할 수 없는 당신을 향한 무한한 마음을 유일하게 표현할 수 있는 단어이기도 하지요.

이 말은 누군가에겐 삶의 의지가 되고, 누군가의 목숨을 구하기도 하며, 누군가에겐 살아가는 이유가 됩니다. 그렇기에 '사랑해'라는 말속에 감추어진 이야기를 써야 했습니다. 그 이면의 이야기를요.

몇 년 전, 『행운이 너에게 다가오는 중』이라는 소설을 집필할 당시였습니다. 아동 학대라는 고통스러운 이야기를 다룬 소설인데, 그때 자료를 조사하며 충격적인 이야기를 접했습니다. 아동 학대를 당하고 있는 수많은 아이 중 자신이 학대당하고 있음을 인지하지 못하는 아이들이 있는데 그 이유가 바로 '사랑해'라는 말 때문이라는 것을요. 자신에게 가해진 끔찍한 학대를 엄마 아빠가 나를 사랑해서 혼낸 거라고 받아들였다는 것입니다. '사랑해'라는 말이 처음으로 끔찍하고 잔혹하게 느껴졌습니다.

『당연하게도 나는 너를』은 여기에서 시작되었습니다. 그때의 그 서늘한 감정이 가슴 한켠에서 내내 저를 괴롭히다 이제 세상 밖으로 나왔습니다.

따뜻해야 할 사랑이 잔뜩 삐뚤어지고 메말라 버린다면 어떨까요. 몇몇 아이들이 부모의 학대를 인지하지 못했던 것처럼, 사랑하니까 내 말을 들어야 한다는 말이, 너를 사랑해서 이러는 거라는 말이, 사랑을 배워 가야 할 누군가에게 끔찍한 기억으로 남지는 않을까요.

사람의 마음은 눈에 보이지 않아서 알아차리기란 참으로 힘듭니다. 때문에 속이려 들면 속을 수밖에 없을지도 모릅니다. 하지만 분명한 건, 진심은 반드시 알아차리기 마련이라는 겁니다. 누군가를 사랑하는 마음은 티를 내지 않으려 해도 티가 나고, 숨기고 싶어도 자꾸만 들통나 버리거든요. 그 반대의 마음도 마찬가지입니다. 사랑이라는 가면을 쓰고 있어도 그것이 진심으로 당신을 설레게 하는 것인지, 망설이고 주춤하게 만드는 것인지 알아차릴 수 있습니다.

여러분이 겪고 있을 많은 사랑이 따뜻함일지 두려움일

지 저는 알 수 없습니다. 그걸 알 수 있는 사람은 오직 당신뿐
이겠지요. 이 이야기가 잘못된 사랑에 망설이고 있을 누군가
에게 가 닿기를 바랍니다. 그리하여 반짝이고 설레는 진짜 사
랑을 하기를 바랍니다. 아무런 조건 없이, 당신을 있는 그대
로 사랑해 주는 이가 분명 당신을 기다리고 있을 테니까요.

여러분의 사랑이 따뜻하게 빛나기를 바라며

이붓님

당연하게도 나는 너를

초판 1쇄 펴낸날   2025년 4월 23일

지은이   이꽃님
펴낸이   홍지연

편집   홍소연 김선아 김영은 차소영 조어진 서경민
디자인   이정화 박태연 정든해 이설
마케팅   강점원 최은 신예은 김가영 김동휘
경영지원   정상희 배지수

펴낸곳   (주)우리학교
출판등록   제313-2009-26호(2009년 1월 5일)
제조국   대한민국
주소   04029 서울시 마포구 동교로12안길 8
전화   02-6012-6094
팩스   02-6012-6092
홈페이지   www.woorischool.co.kr
이메일   woorischool@naver.com

ⓒ이꽃님, 2025
ISBN 979-11-6755-337-9 43810